보지
제일
주의

보신제일주의 5

김용진 新무협 판타지 소설

초판 1쇄 찍은 날 § 2016년 11월 24일
초판 1쇄 펴낸 날 § 2016년 12월 1일

지은이 § 김용진
펴낸이 § 서경석

편집책임 § 이지연
디자인 § 신현아

펴낸곳 § 도서출판 청어람
등록번호 § 제387-1999-000006호
등록일자 § 1999. 5. 31
어람번호 § 제2-2692호

주소 § 경기도 부천시 원미구 부일로 483번길 40 서경B/D 3F (우) 14640
전화 § 032-656-4452 팩스 § 032-656-4453
http://www.chungeoram.com
E-mail § chungeorambook@daum.net

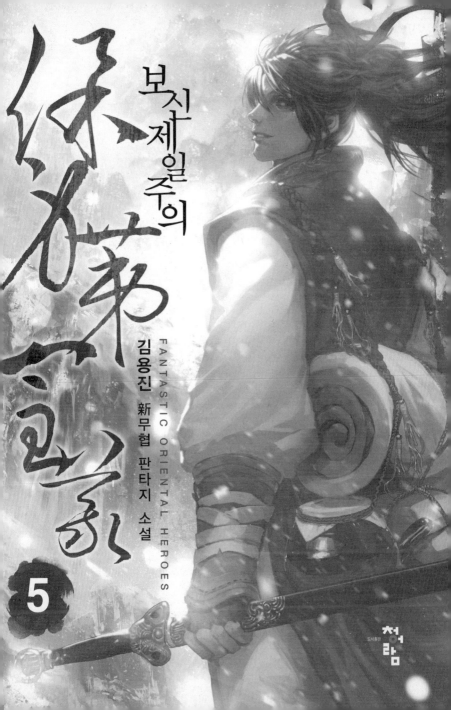

一. 험로

써걱!

투레질하던 말의 앞다리가 깔끔하게 잘려 나갔다.

커다란 소음과 함께 쓰러지는 기마를 피한 단사천은 그대로 회전하며 한 차례 더 검을 뿌렸다.

무음은 물론 무영까지 갈 필요도 없다. 굉뢰의 예기와 무게라면 나머지는 최소한의 진기와 최소한의 힘으로도 충분했다.

쐐애애액! 촤아악!

검 끝에 걸린 기마와 마적이 함께 베인다. 말과 사람의 피가 허공에 흩뿌려졌다.

마적들은 주변을 에워싸기만 하고 먼저 달려들지 않았다. 아주 가볍게 내뻗는 검도 그들의 눈에는 보이지 않는 쾌검이니 두려워하는 것이다.

그러나 그것도 잠시, 뒤에서 그들을 재촉하는 날 선 목소리에 마적 하나가 자포자기의 얼굴로 달려들었다.

적의나 살의가 아니라 공포에 질려 덤비는 마적의 모습에 조금 꺼림칙할 만도 했지만 단사천은 잠시 얼굴을 찡그리곤 다시 검을 내뻗었다.

첫 습격 때는 몇 번이나 검을 멈칫했지만 그때마다 중상의 위기가 지나갔다. 그런 상황은 이제 사양이었다.

쩌엉!

북방식 만도가 일격에 부러져 나갔다. 일개 마적이 감당하기에는 너무나 위력적인 일격이었다.

"컥, 커헉!"

검이 부서질 정도의 위력에 마적의 손아귀가 찢겨 피가 검 자루를 적셨다. 손가락과 손목에도 충격이 있는지 검 자루를 제대로 쥐지도 못하는 상태였다.

파아앙!

뒤따르던 마적 하나가 가슴에 일격을 허용했다. 갑옷을 둘러 입은 상태였지만, 단사천의 검격은 그런 빈약한 갑옷으로

막을 수 있는 것이 아니었다.

가슴팍을 크게 베인 마적은 눈을 까뒤집고 뒤쪽으로 넘어 갔다.

'아직 쓰러지면 안 되지!'

단사천은 쓰러지려는 마적의 멱살을 붙잡아 일으켜 세웠 다.

곧 마적의 등판에 몇 개의 화살이 박혀 들었다. 화살 소리 는 곧 그쳤지만 단사천이 마적의 뒤에서 모습을 드러낸 것은 조금 더 시간이 지나고 나서였다.

단사천이 눈먼 화살과 눈먼 칼을 조심하는 동안 주변은 정 리가 끝나가고 있었다.

용위단 무사들이 조직적으로 움직이며 모루의 역할을 하 면 점창파 도사들이 망치가 되어 마적들을 흩어놓았다.

서너 배를 웃도는 수적 격차를 아무렇지 않게 만들어 버 리는 압도적인 무력. 이번 습격도 마적들과 마인들을 격퇴하 는 데 큰 어려움은 없었다.

중상자 없이 경상자 셋이 전부. 이렇게 본다면 별 피해 없 이 막아낸 것처럼 보였다. 하지만 피해란 눈에 보이는 상처만 이 아니었다.

파상 공격이라고도 말할 수 있는 습격 앞에 휴식은 없었 다.

하루 사이에 수차례나 이어지는 집요한 습격.

첫 전투로 대부분의 말을 잃었고, 그 결과 이동 속도는 느려졌다. 며칠에 걸쳐 식사와 수면 시간을 노려 훼방을 놓는 마적들의 행태로 인해 착실하게 쌓여가는 피로와 정신적, 체력적 소모야말로 단사천 일행에게 있어서는 결정적인 피해였다.

＊　　　＊　　　＊

"이대로는 안 되겠다."

겨우 전장의 뒷정리가 끝나고 식사 준비를 재개했을 때 무양자가 이를 갈며 말했다.

초절정의 무위를 자랑하는 무양자조차도 도포 곳곳에 칼자국과 피 얼룩이 남아 있었고, 얼굴에서도 피로의 기색을 읽을 수 있었다.

하지만 그보다 진한 것은 관자놀이 부근의 불끈 튀어나온 혈관에서 읽을 수 있는 짜증이 섞인 분노였다.

장성을 넘고 식사나 수면을 위한 준비를 할 때면 들이닥치는 마인들에게 무양자는 일 갑자에 달하는 수양이 무색하게 머리끝부터 발끝까지 짜증과 분노로 가득 차 있었다.

제대로 된 식사와 수면도 취하지 못하고 며칠을 보낸 원한에 이를 바득바득 가는 스승의 도사답지 않은 모습에 단사천은 한숨을 내쉬며 물었다.

"그래서 어쩌시려는 생각입니까?"

"이대로 기다리다가 고사당할 수 없는 노릇 아니냐. 그리고 이게 끝일 것 같지도 않고 말이지. 분명 저놈들, 뭔가 기다리고 있는 게 있어. 아니면 이렇게 대놓고 시간을 끌지는 않겠지. 지금 상황을 바꿔놓지 않으면 심양에도 도착 못 하고 전부 지쳐서 쓰러질 거다."

"그렇기는 합니다만… 저 녀석들을 어떻게 잡으실 생각입니까? 저희는 말도 없습니다."

제대로 된 휴식을 취하지 못한 것은 단사천도 마찬가지였다.

남들보다 훨씬 깊은 보신결의 성취는 다른 사람들에 비해 나은 몸 상태를 유지하게 만들어주었으나 그래도 피로가 쌓이지 않는 것은 아니었다.

거기에다 그의 성격 탓에 정신적인 피로는 한층 더 심했다.

무양자의 분노 섞인 의견에는 그도 공감하고 있었지만 단사천은 고개를 내저었다.

마적들의 습격을 격퇴하는 것은 어렵지 않다. 무공도 제대로 배우지 못하고 제멋대로 병기를 휘두르는 마적들은 고통을 모르고 미쳐 날뛴다 해도 얼마든지 제압할 수 있었다.

실제로 지금까지 수백 명의 마적이 명을 달리했지만 이쪽은 무사 몇이 중상을 입는 정도로 끝났다. 그만큼 실력의 차이가 극명했다.

문제가 되는 것은 강시들과 마인들 정도였지만, 그것도 짐꾼 없이 무인들로만 이뤄진 일행의 특성상 큰 문제는 되지 않았다.

하지만 이쪽에서 공세로 돌아서는 것은 다른 차원의 문제였다.

다른 것이 아니다. 저들이 마적이라는 점, 바로 그게 문제가 된다.

일류의 무인들은 마음만 먹는다면 말도 추월할 정도의 속도를 낼 수 있지만 그 속도를 유지할 수 있는 시간은 극히 짧다. 무양자 정도 되는 고수라고 해도 초원에서 말과 경주할 정도는 되지 않는다.

"활을 쏴도 닿지 않을 거리에서 감시를 하는 놈들입니다. 뭘 어떻게 할 방법도 없지 않습니까. 말이라도 있으면 모를까."

단사천이 손가락으로 언덕 위를 가리켰다.

적당히 솟아오른 언덕과 그들이 자리한 곳 사이에는 대충 백 장이 조금 넘는 정도의 거리가 있었다.

경공의 고수라도 어떻게 할 수 없는 물리적 거리. 그리고 그 언덕 위에서 마적들이 거리를 유지한 채 그들을 주시하고 있었다.

"말이야 구하면 될 일 아니냐? 마침 근처에 훔쳐도 뭐라 할 사람도 없는 말들도 많고 말이다."

"네?"

무양자가 이빨을 드러내며 웃었다. 피로와 짜증이 가득한 얼굴에 떠오른 웃음은 도사가 지어서는 안 될 성질의 웃음이었다.

　　　　*　　　　*　　　　*

"준비해라."

조용하고도 평탄한 목소리가 마적들의 귀에 미끄러져 들어갔다.

"놈들이 슬슬 자려고 하는 것 같으니 준비가 끝나는 대로 들이쳐라."

인흉로는 고리눈을 더욱 가늘게 뜨며 말했다. 일절 감정이 드러나지 않는, 인공물 같은 새까만 눈동자가 어둠 속에서 빛을 발했다.

"대체 언제까지 이래야 하는 겁니까?"

마적들 사이에서 한 사내가 걸어 나오며 힘없이 물었다. 지난 며칠간 연이은 습격으로 휴식을 제대로 취하지 못한 것은 그들도 마찬가지였다.

마적들과 여진족은 내공이 없는 만큼 단사천 일행에 비해 한층 더 초췌했다.

그들은 오로지 정신력으로 움직이지 않는 몸을 억지로 움직이고 있었다.

"그야 저놈들이 모두 죽을 때까지지."

말을 하는 인흠로의 눈동자가 유리알처럼 빛났다. 시선은 마적들을 향하고 있었지만 그 속에서는 일말의 감정도 찾아볼 수 없었다.

마적들이 아무리 목숨을 걸고 동귀어진을 노려도 압도적인 무력의 격차 탓에 저들의 몸에 상처 하나 만드는 것조차 쉽지 않았다.

인흠로의 말은 마적 모두에게 죽으라는 말과 다름없었다.

그에게 있어서 불신자란 그 정도에 지나지 않았다.

"…하지만 이러다간 저놈들을 어떻게 하기도 전에 우리가 먼저 모두 죽을 판이요!"

"지금 당장 죽는 것보다는 낫지 않느냐?"

유리알 같은 눈에 붉은 기운이 감돌았다. 섬뜩한 살기, 그리고 그 뒤로 기분 나쁜 기척을 흘리며 강시들이 다가오자

마적 사내는 후들거리는 발로 주춤주춤 몇 걸음이나 물러
났다.

"그, 그런 건 아니오. 단지……."

"그럼 가라."

"크윽! 그럼 적어도 해독제, 아니, 발작을 지연시킬 약이라
도 주시오! 밑에 있는 부하들 중에 벌써 몇 명이나 발작을 일
으켜 죽어가고 있소이다! 이러다 싸우지도 못하고 다 죽게
생겼소!"

발을 멈추고 발작적으로 외치는 사내의 고함에 강시들이
움직이려 했지만 인흠로는 손을 흔들어 강시들을 멈추게 했
다.

"해독제가 받고 싶으냐?"

"그, 그렇소."

인흠로는 그 절박한 대답에 느긋이 턱을 매만지며 눈을 가
늘게 뜨고는 입꼬리를 끌어 올려 웃음을 내보였다. 뱀의 그
것이 떠오를 듯한 악의 넘치는 웃음이다.

"그런가? 그렇다면 주마."

"저, 정말이오?"

"저놈들의 목을 하나라도 가지고 온다면 말이다."

잠시 희망으로 빛나던 사내의 눈이 곧 절망의 빛으로 바뀌
었다.

지금까지 다섯 번의 싸움으로 이미 단사천 일행의 강함을 확인했다.

삼류 취급도 받지 못하는 그들과 달리 저들 일행은 진짜 무인이었다.

저들 하나를 죽이지도 못하는데 이쪽은 수십 명이 죽어 나갔다.

그 정도가 되면 손익이 문제가 아니었다. 보통이라면 결코 건드리지도 않을 종류의 집단.

"물론 맨몸으로 하라는 말은 아니다. 약을 내어주마."

절망하는 사내를 앞두고 인흠로는 한층 더 입꼬리를 길게 늘이며 뱀처럼 혀를 놀렸다.

"약이라니… 무슨 약 말이오?"

인흠로의 제안에 사내는 불안한 속내를 숨기지 못했다. 하지만 그럼에도 되묻는 것은 그만큼이나 급하고 달리 의지할 곳이 없는 탓이었다.

"목숨을 깎아 힘을 얻는 평범한 독약이다."

큭큭거리며 새어 나오는 웃음에는 명백한 비웃음과 악의가 섞여 있었다. 사내는 한 걸음 더 물러서며 입술을 바르르 떨었다.

"그게 무슨 평범한 약이란 말이오? 목숨을 깎는다니……."

"그러면 정상적인 약으로 너희 같은 버러지들이 저 불신자들을 상대할 수 있단 말이냐? 주제를 알아야지."

사내가 어물거리며 답하지 못하고 있자, 인흠로는 손을 흔들며 말했다.

"클클, 버러지들답게 제 목숨은 중한가 보구나. 뭐, 너무 걱정 마라. 약을 먹는다고 바로 죽지는 않을 거다. 기껏해야 10년, 20년 정도 수명이 줄어들 뿐이니. 말년에 빌빌거리다 뒈지기는 하겠지만 말이다."

당장 죽는 것보다는 낫지.

아주 작게 속삭이듯 한 말이었지만 사내의 귀에는 천둥처럼 크게 박혀 들었다.

강함은 법이고 약함은 죄였다. 그가 다른 약자들에게 그랬던 것처럼 이번엔 그가 약자일 뿐이었다.

"…하겠소이다. 해독제를 준다는 약속, 잊지 마시오."

"잘 생각했다. 클크큭."

단 한마디 말과 쇠를 긁는 것 같은 기분 나쁜 웃음소리.

인흠로는 품에서 작은 상자 하나를 꺼내 들었다.

걸쇠가 풀리고 열린 상자 안에는 붉은 보석을 연상시키는 단환 수십 개가 요사스러운 빛을 발하고 있었다.

그들은 원병(元兵) 출신에 여진족, 혹은 요동에서 살아가던 토착민과 조선에서 넘어온 유민까지 뒤섞인 근본을 찾을 수 없는 자들이었지만 요동에서는 나름 악명을 떨치는 마적단이었다.

요 근래 북방 원정으로 시끄러워져 잠시 숨을 죽이고 있을 뿐, 요동군조차 무서워하지 않던 것이 그들이다.

"그래 봐야 지금은 버러지지만."

사내는 작게 푸념을 내뱉었다.

처음부터 뒤도 돌아보지 않고 도망을 쳤다면 조금 나아졌을까, 하고 후회를 하던 사내를 부르는 목소리가 있었다.

익숙하지만 무거운 목소리, 그의 부하였다.

"두목."

"뭐냐?"

"…우리가 저것들을 어떻게 담글 수나 있을 것 같수?"

힘없는 목소리는 분명 타당했다. 무림인들은 어지간하면 건드리지 않는 것이 그들 사이의 불문율이었으니까. 더욱이 이미 수십 명이 넘는 동료가 죽어 나자빠지는 모습을 봤다면 전의가 완전히 사라지는 것도 무리는 아니었다.

그렇기에 사내는 부하의 걱정과 불안을 적당히 얼버무려 넘기려 하지 않았다.

"그래서? 그냥 뒈질 거냐? 어차피 여기서 도망쳐도 너나나, 가족들 전부 뒈지는 건 똑같아."

"그건 아니지만……."

당황하며 손을 내젓는 부하의 모습에 사내는 한숨을 내뱉고 말을 이었다.

"무섭지, 나도 그래. 개죽음일 것 같은 기분도 이해한다. 하지만 일단 저 미친놈들이 준비해 준 것도 있지 않냐. 어떻게든 될 거다."

제 입으로 말하면서도 전혀 확신이 없는 말이라는 것을 그 스스로도 알고 있었다. 대신 사내는 자신의 품속에 있는 단약을 가만히 매만졌다.

이 약의 이름 따위는 모른다. 애초에 그는 자기 이름도 쓸 줄 모르는 무지렁이니까.

하지만 시험 삼아 약을 먹은 부하들이 제 몸집만 한 돌덩이를 번쩍 드는 모습은 눈으로 확인할 수 있었다.

단약을 매만지고 있으니 조금은 공포가 가라앉았다.

마음이 가라앉은 사내는 하늘을 올려다보았다. 서서히 사방이 붉게 물들고 있었다.

해가 지기 직전의 시간. 그들이 움직여야 할 시간이 코앞이었다.

"이제 가서 준비나 해라. 늦으면 저 미친놈들이 무슨 꼬투리를 잡아서 푸닥거리를 놓을지 모르니까."

말에 올라탄 사내가 손을 휘저었다. 그제야 주변에 옹기종기 모여 있던 부하들이 사방으로 자리를 옮겼다.

부하들이 산개하는 모습을 보며 사내는 숨을 가늘게 토해 냈다.

해가 지평선 너머에 걸릴 즈음, 부하들이 모두 자리를 잡은 것을 확인한 사내는 품속의 단약을 꺼내 곧장 입안에 털어 넣었다.

약은 입 안에서 혀로 몇 번인가 굴리자 순식간에 녹아 사라졌다.

걱정과는 달리 아무 맛도, 느낌도 없었다.

약을 잘못 받았나 하는 의문을 품을 무렵, 생각을 태워 버릴 정도의 열기가 전신에서 치솟았다.

북방 초원의 삭풍도 잊어버릴 더위. 심장이 거세게 쿵쾅거리고 마장도를 꼬나 든 손에 핏줄이 돋았다.

어두운 밤하늘 아래 세상이 선명해지고 이제껏 느껴본 적 없는 힘이 전신에 들어찼다. 지금이라면 무엇이라도 할 수 있을 것 같은 감각에 전율한 사내는 끓어오르는 열을 토해내듯 크게 외쳤다.

"가자, 새끼들아!"

＊   ＊   ＊

어둠 속에서 마적들이 내달리는 소리가 들려왔다. 비명 같

은 소성과 고함이 말발굽 소리에 섞여 지축을 뒤흔들며 가까
워지고 있었다.

"제기랄 놈들! 잠 좀 자려니 또!"

무사 하나가 신경질적으로 욕설을 내뱉었다. 여러 사람 앞
에서 내보일 모습은 아니었지만 딱히 뭐라 말하는 사람은 없
었다. 그들도 같은 심정이었다.

다만 그런 마음과는 별개로 마적들을 상대하기 위해 마차
를 중심으로 자리를 잡는 모습은 익숙하기 그지없었다.

"온다! 창 앞으로!"

여러 이유로 무림인들은 잘 쓰지 않는 무기인 창이지만, 근
본이 군관부인 용위단의 무사 중에는 꽤나 많은 숫자가 창
술을 익혔다.

그들이 앞으로 나서며 군진을 형성하니 군에서 쓰는 장창
은 아니어도 기병을 견제하기에는 충분한 창벽이 완성되었
다.

마적들은 달려들던 기세가 무색하게 내밀어진 창날을 피
해 좌우로 흩어졌다.

이번에는 기세가 죽은 마적들 사이로 뒤에서 대기하던 무
사들이 파고들었는데 여기까지는 지난 습격 내내 이어진 일
련의 약속이나 다름없는 연속이다.

이제 난전처럼 뒤섞여 싸우는 것이 다음 행동이다. 하지만

이번에는 조금 달랐다.

카아앙!

내지르는 창을 걷어내려던 무사 하나가 예상을 넘어서는 상대의 힘에 기겁하며 발을 놀렸다.

"뭐, 뭐야, 이놈들?"

"같은 놈들이 맞는 건가?"

비슷한 상황이 곳곳에서 일어났다.

패기 있게 마적들 사이로 뛰어들었던 무사들이 낭패한 얼굴로 되돌아 나오는 데 걸리는 시간은 촌각도 필요하지 않았다.

많이도 필요 없었다. 단 일 합으로 뭔가 잘못되었다는 것을 이해할 수 있었다.

카아앙!

날카로운 금속성과 함께 무사의 몸이 허공으로 날려갔다.

"으아앗!"

겨우 자세를 바로잡아 착지하기는 했지만 얼굴에 떠오른 당황을 숨길 수는 없었다.

무기에 실리는 힘이 달라졌다. 중병에 기마의 기세가 더해졌다고 해도 근본은 내공도 쓸 줄 모르는 삼류 이하의 마적단.

아무리 지쳤다고는 해도 전원이 일류, 혹은 그에 준하는 수준의 무사들이 이렇게 밀릴 상대가 아니었다.

"그동안 싸운 놈들이랑은 전혀 다른 놈들이라고 생각하고 움직여! 이 자식들, 정상이 아니다!"

직접 검을 맞댄 무사가 그렇게 외쳤지만 그럴 필요는 없었다. 불빛이 비춘 마적들의 모습은 명백히 멀쩡한 사람의 모습이 아니었으니까.

붉고 푸른색으로 얼룩진 얼굴, 불길의 주홍빛으로도 덮을 수 없는 기괴한 안색이었다.

"전원, 앞으로 나가지 말고 자리 지켜!"

관일문은 벌레 씹은 얼굴로 명령했다.

강한 두통이 밀려왔다. 그렇지 않아도 귀찮은 상황이 배로 짜증이 나게 되었다.

수는 열세, 무위는 아직 우위지만 전과 같이 큰 차이는 아니었다. 기마의 유무를 생각한다면 그 작은 차이마저 없다고 봐도 좋았다.

대체 어떻게 움직여야 하나 고민은 계속되었지만 답은 나오지 않았다. 그러는 와중에도 싸움은 점점 심화되어 갔다.

"역시 본판이 쓰레기들이라 그런가, 본 교의 영단을 먹고도 겨우 저 정도밖에 안 되는군."

인흠로는 어느새 고착되어 버린 마적들과 용위단 무사들

의 싸움을 슬쩍 확인하고는 고개를 내저었다. 어차피 기대하지도 않던 것들이다.

교의 비전까지 사용하며 전력을 강화시켜 주었건만 아무래도 마적들은 불신자들의 발이나 잡는 것으로 만족해야 할 성싶었다.

"각주님, 검귀가 움직입니다."

옆에서 전황을 주시하던 수하가 말했다. 딱히 그 보고가 없어도 인흠로의 시선이 제멋대로 돌아갔다.

양측을 합쳐 근 천에 가까운 인마가 얽힌 싸움이었지만 그 모든 것을 베어 넘길 것 같은 날카로운 존재감이 그의 기감을 자극하고 있었다.

성향이 다른 도문에 비해 속가에 가깝다지만 어디까지나 도가의 일문인 점창파의 도사였다. 그것도 나이가 지긋한, 장로라고는 믿기 힘든 폭력적일 정도로 강렬한 존재감을 드러내고 있었다.

상대를 부르기 위해 숨김없이 당당히 풀어낸 무양자의 검기였다.

"움직일 거라 생각은 했지만 생각보다 빠르군. 벌써 움직이다니, 성격도 어지간히 급하군. 아무튼 놈이 움직였으면 이쪽도 움직여야지. 강시들을 보내라."

"명을 받들겠습니다."

깊게 고개를 숙여 읍한 수하는 그대로 사람들의 사이에 섞여 사라졌다. 그리고 잠시 뒤, 강시의 흉성이 터져 나왔다.

"캬아아아아!"

한차례 포효를 내지른 강시들은 더 참을 수 없다는 듯 그들의 몸을 가리고 있던 흑색 장포를 찢어발기고 곧장 앞으로 뛰쳐나갔다.

"좋아, 시선은 끌었고, 준비는?"

인흠로는 시선을 계속해서 강시들에게 향한 채로 입만 움직여 물었다.

그가 보지 않고 있음에도 고개를 깊게 숙인 수하가 곧 대답했다.

"모두 끝냈습니다. 미끼를 물기만 기다리시면 됩니다."

"그래, 좋아. 조금 더 기다려 보자고."

무수한 인영들 사이에서 인흠로는 웃었다.

하지만 그의 뒤에 서 있던 수하는 걱정스러운 목소리로 입을 열었다.

"하지만 장로님, 괜찮겠습니까?"

"뭐가?"

"저희가 교주님께 받은 임무는 혼천종의 전투부대가 올 때까지 발길만 붙잡는 것이지 않습니까? 이건 작전의 내용을 벗어나는 월권행위인 게……."

"싸움이란 변화막측한 것, 상황이 그렇게 흘러갔다고 말하면 그만이지."

슬쩍 뒤를 돌아보며 그렇게 말한 인흠로는 여전히 수하의 얼굴에서 지워지지 않은 감정들을 읽어냈다. 옅은 불안감과 납득할 수 없다는 감정이다.

"…불복인가?"

"아닙니다! 그저 굳이 신도들이 피를 흘려가며 싸울 필요는 없지 않을까 하는 생각에서 그랬습니다!"

얇게 휘어지는 고리눈에 수하가 기겁하며 크게 답했다. 그러고는 스산한 살기에 눈을 크게 뜨고 벌벌 떨었다.

인흠로는 뱀 앞에 놓인 쥐처럼 굳은 수하를 위아래로 훑고는 느릿하게 말을 이었다.

"그럴지도 모르지. 하지만 말이다, 저것들에게 귀독, 그 아이가 당했단 말이다. 교의 미래가 되어줄 아이가 말이야."

다시 고개를 돌린 그는 마적들 사이에서 압도적인 무력을 휘두르는 단사천을 노려보며 이빨을 갈았다.

"심혈을 들여 키운 아이다. 대계를 위해서, 우리 혈신의 영광을 위해서……!"

그날 무참히 망가져서 돌아온 귀독을 떠올리고, 또한 귀독을 보며 느꼈던 분노와 격정을 되새겼다.

얇게 치켜뜬 눈꺼풀 사이로 살기의 광망이 줄기줄기 흘러넘쳤다.

"그런데 복수의 기회를 그냥 혼천종 놈들에게 내주라는 말이냐? 아니, 그래서는 안 되지."

인흠로는 그렇게 답하고는 시선을 단사천에게 고정했다.

짧은 대화가 이뤄지는 동안, 강시들은 전장을 가로지르고 있었다.

술자가 내린 명령에 따라 무양자를 향해 일직선으로 내달리기 시작한 강시들은 자신들의 앞을 가로막는 것이 있다면 무차별적으로 손톱을 휘두르고 몸으로 들이받으며 길을 뚫었다.

피아 구분 없이 마구잡이로 내지르는 손발에 가장 먼저 반응한 것은 마적들이었다.

"길 열어! 뒈지기 싫으면 멈추고 빠져! 강시들 지나간다!"

몇 번이나 겪은 일이기에 저것들이 자비고 이성이고 아무것도 없다는 것을 잘 이해하고 있는 그들은 희생자가 몇 생기기도 전에 재빠르게 움직여 길을 열었다.

아무리 난전 중이라지만 움직이는 것이 어렵지는 않았다. 그들과 싸우고 있던 무사들도 딱히 그들의 발을 묶는 일은 없었다. 강시들과 엮인 경험은 그들에게만 있는 게 아니었다.

"강시들은 놔두고 움직여! 최대한 피하면서 견제만 해!"

관일문의 말이 떨어지기 전에도 이미 무사들은 강시 주변에서 멀어져 마적들과 마인들만을 상대했다. 용위단원들도 그들의 검으로는 강시의 피부에 상처도 낼 수 없다는 걸 이미 뼈저리게 깨닫고 있었다.

강시를 상대하는 것은 단 한 명이면 충분했다.

"캬하아악!"

날카로운 송곳니만 주르륵 늘어선 이빨을 자랑하듯 크게 벌린 입을 앞세우고 몸을 내던지는 강시의 모습은 기괴하고 공포스러웠다. 어지간히 담이 큰 자들도 감히 직시할 수 없는 모습.

"귀천도 못한 잡령이 감히 누구에게 이빨을 들이밀어?"

하지만 그 모습을 가장 가까이서 보고 있던 무양자는 귀찮다는 듯 가슴께를 노리고 머리를 들이민 강시의 목덜미를 향해 검을 뻗었다.

콰아앙!

가볍게 털어낸 것 같았지만 검과 강시의 동체가 부딪쳐 만들어내는 소리는 무시무시했다.

달려들던 강시의 머리가 목덜미에서부터 잡아 뜯기듯 그대로 터져 나갔다.

휘청하고 강시의 몸뚱이가 기울어졌다. 동시에 옆에서 달려들던 또 하나의 강시가 '퍼억!' 하는 둔탁한 소음과 함께 튕겨 나갔다.

거의 동시에 발출된 검격에 강사의 다리 하나가 허벅지 중간부터 끊어져 날려가고 있었다.

퍼엉! 퍼어엉!

귓가를 뒤흔드는 폭음의 연속. 이미 균형을 잃은 두 구의 강시가 허물어지던 자세 그대로 몽둥이에라도 맞은 양 뒤로 크게 밀렸다. 강시의 복부와 허벅지에 주먹만 한 구멍이 크게 뚫렸다. 그러자 상처에서부터 독을 품은 흑혈이 터져 나왔다.

이를 주시하고 있던 자들은 이미 몸을 피했지만 미처 피하지 못한 몇몇이 흑혈을 뒤집어쓰고 비명을 내질렀다.

"흐아아아악!"

"끄허어억!"

검게 변색되는 피부에서 흑녹색의 연기가 피어올랐다. 독은 대상을 가리지 않았다. 사람과 말의 피부까지 태우고 있었다.

그 지옥도 속에서도 무양자는 오연히 서서 사방을 둘러보았다.

마적들과 무사들이 뒤엉킨 난전이 있었고, 그와 괴리된 듯 그를 중심으로 사방에서 조여 오는 강시들이 있었다.

무대는 만들어졌다. 남은 일은 그를 목표로 다가오는 강시들을 상대하는 것뿐.

대련을 하듯 힘을 조절할 필요도 없었고, 비무를 하듯 수단을 가릴 필요도 없었다.

그저 전력으로 박살 내면 그만인, 그야말로 그가 가장 잘하는 일이었다.

뚜둑! 뚝!

소리가 날 정도로 목을 좌우로 거칠게 꺾은 무양자의 입가에 진득한 미소가 스쳐 지나갔다.

"후읍!"

무양자가 숨을 들이켰다.

그리고 땅을 박찼다.

투웅!

설원에 족적이 남듯, 단단히 다져져 있던 초원에 큰 흔적을 남기며 무양자의 신형이 허공을 가로질렀다.

그는 단 한 걸음으로 강시들의 코앞에 도착했다.

일보에 담긴 무리를 읽을 수 있는 자에게는 경탄스러운 광경이었으나 강시는 무감각하게 손을 치켜들었다. 쇠를 긁는 것 같은 울음과 함께 손이 떨어지려는 순간, 이미 강시의 머리 서너 개가 공중으로 날아가고 있었다.

퍼어어어엉!

무시무시한 굉음이 터져 나왔다.

후폭풍이 머리를 잃은 강시의 몸뚱이를 날려 버렸고, 흩뿌려진 흑혈의 비릿한 냄새가 코끝을 스쳤다.

강한 진각. 다음은 회전하는 움직임이다. 도복 자락이 바람에 나부끼는 소음과 함께 수십 개의 흑색 선이 사방으로 뻗었다.

퍼억! 퍽! 퍽!

먹물을 듬뿍 묻힌 붓이 종이 위를 가로지르듯 짙은 흑색의 선이 주변으로 달려드는 강시들에게 불규칙하게 이어지고 폭발한다.

둔한 소리와 함께, 달려들던 그 기세 그대로 강시들이 튕겨져 나갔다.

팔이 꺾이고 다리가 박살 났다. 개중에는 머리가 반쯤 터져 너덜너덜해진 강시도 있었다.

"캬아아아!"

하지만 고통을 느끼지 못하는 강시들이다. 생자에 대한 적의와 살의는 그 정도로 사라지지 않았다. 허공에서 몸을 뒤집는 그들의 움직임은 무인의 그것이 아니라 짐승의 것에 가까웠다.

"카라락!"

기괴한 외침과 함께 다시 땅을 박차고 뛰어드는 강시들.

무양자도 마주 뛰어들었다.

쾅! 콰아앙!

좌 상단에서 우 하단으로 내리 긋는 사선 베기. 그리고 곧 장 좌 횡 베기.

일순간에 이어진 연격에 강시 하나의 상, 하체가 분리되고 뒤따르던 또 하나의 강시가 팔을 잃는다.

강철과도 같은 육신을 지녔다는 강시의 신체는 무지막지한 검격에 믿기지 않을 정도로 손쉽게 박살 나 해체되고 있었 다.

쉬이이이익!

다음 먹잇감을 노리는 파공음이 내달렸다. 강시가 본능적 으로 손을 들어 얼굴을 막았지만 파공음을 휘감은 검은 거 침이 없었다.

우직!

드득!

손을 부수고 그대로 머리에 틀어박히는 찌르기. 막대한 경 력을 품은 그 찌르기는 검보다도 훨씬 커다랗고 거친 주먹만 한 바람구멍을 남겼다.

머리에 커다란 구멍이 뚫린 강시는 그대로 덜컥 멈춰 섰다. 기세를 못 이긴 몸뚱이가 앞으로 떠밀려 왔지만 부드럽게 밀 어 넘기는 일 장에 그대로 땅에 처박혔다.

쿠웅!

사람의 시체라고 생각되지 않는 무게감을 보이며 땅바닥에 쓰러진 강시의 몸뚱이는 몇 번이고 꿈틀거리다가 겨우 움직임이 멎었다.

멀리서 그 모습을 지켜보던 마적단의 우두머리는 질린 얼굴로 무양자를 바라봤다.

저것 하나에 목숨을 잃은 그의 수하들이 몇이던가. 바위 같은 피부에 사람을 손으로 잡아 찢는 괴력, 숨이 멎고 다리에 힘이 풀리는 흉성과 살기까지. 괴물이라는 수식어가 어울리는 강시였건만 무양자에 의해 그 잠깐 사이, 몇 구나 되는 강시가 박살이 났다.

일개 도적단에 불과한 자신들과 진짜 무인 사이의 격차를 엿본 것 같은 기분에 자괴감과 함께 화가 치밀었다. 그리고 그걸 확인시켜 주듯 무양자의 무감각한 시선이 그를 향했다가 곧 멀어졌다.

너 같은 것을 상대할 시간이 없다고 말하는 것 같은 모습이다.

"이익!"

한순간 얼굴이 붉어지며 분노와 자괴감에 사로잡혔지만 마적단 우두머리는 억눌린 신음을 끝으로 고삐를 잡아채 반대편을 향해 고개를 돌렸다.

어차피 저것의 상대는 그가 아니었다. 지금 저 뒤에 있는, 그들의 목줄을 쥐고 있는 빌어먹을 마인들과 강시들이 알아서 할 일이었다.

"뒤로 빠져서 재정비한다! 저 싸움에 휘말리지 않는 범위까지 빠져!"

사내는 쥐꼬리만 한 자존심마저 버렸다.

그가 상대할 것은 저런 괴물이 아니었다. 버겁기는 해도 어찌어찌 상대할 수 있는 무사들의 발을 묶는 것, 그것이 그의 분수에 어울리는 일이었다.

우르르 흩어져 빠져나온 마적들은 모두 만신창이였고 숫자도 상당히 줄어 있었다.

여기까지는 지금까지 몇 번이고 반복된 모습이지만 달라진 점이 있었다.

단사천 일행 쪽의 모습이었다. 하나같이 일류, 혹은 일류에 근접한 무사들이기에 지금까지는 습격을 할 때마다 일방적으로 마적들이 당해왔다.

그러나 지금은 그들도 마적들과 별반 다를 바 없는 모습을 하고 있었다.

연이은 싸움으로 쌓인 피로도 피로였지만 인흠로에게서 받은 약이 확실히 효과가 있는 듯했다.

쓰러진 시체들이나 확연히 늘어난 중상자의 비율에 무사들의 눈에서 지금까지 볼 수 없던 당혹감이 여실히 느껴졌다.

저열한 쾌감이 있었다. 그토록 두려워하던 무림인들이 지금 그를 보며 저렇게 당황하고 있다는 사실에 지금 자신이 처한 상황을 잠시 잊게 할 정도의 묘한 충족감이 들었다.

그건 그의 부하들도 마찬가지였다. 상처를 달고 있는 놈들이 대다수였지만 얼굴에는 고통에 절은 표정 대신 환한 웃음이 걸려 있었다.

"크합! 다시 간다! 죄다 죽여어엇!"

비명을 지르는 것과 다를 바 없는 고함과 함께 달리기 시작하자 곧바로 진용이 무너졌다. 제각각의 기마술, 빠르고 느린 말이 섞여 있으니, 훈련도 하지 않은 그들이 충격의 순간까지 엄중한 진용을 유지하는 것은 무리였다. 그래도 그 기세만큼은 상당했다.

진형을 만들지 못한 용위단 무사들이 상대하려면 상당한 피해를 각오해야 할 기세였으나 그들은 단순한 군병이 아니었다.

"어르신!"

"알고 있네!"

관일문이 애병인 직도를 빼 들고 앞으로 나섰다. 그 뒤를

따라 장삼도 앞으로 나섰다. 적의 예봉을 꺾기 위한 움직임
이다.

단둘이서 수백 기의 기병을 상대로 나서는 것은 당랑거철
이라는 말이 어울리는 상황이었지만 그들이 무림인이라면,
홀로 전황을 바꿀 수 있는 절정의 무위를 지닌 고수라면 이
야기는 달라진다.

군문의 싸움이 무엇보다 수의 폭력에 의존한다면 무림의
싸움은 단 한 명의 고수가 모든 상황을 바꾼다.

선명한 백색 기운이 맺힌 도를 휘둘러 가장 앞에 나선 마
적 하나를 크게 베어냈다. 창대와 함께 어깨를 베인 마적이
피 분수를 뿜으며 쓰러졌다. 짓쳐드는 몇 자루의 창날을 가
볍게 피하고 흘려내며 이번에는 스쳐 지나가는 기마의 발을
베었다.

히히히힝! 쿠우웅!

하나가 쓰러지면 뒤따르던 말이 몇 마리나 엉켜 쓰러진
다.

갑작스러운 장애물에 멈추지도, 피하지도 못한 마적들은
그대로 땅바닥에 처박혀서 목이 부러져 즉사했다.

"음, 맨손으로는 힘들겠군."

강해진 힘, 빨라진 속도. 몰라보게 변해 버린 마적들이었
다. 단순히 맨손으로 상대하기에는 수고가 너무 들었다.

장삼은 바닥에 떨어진 창 한 자루를 주워 들었다. 나무를 대충 깎아 만들고 창날도 조악하기 그지없는 것이었지만 한 번 크게 휘둘러 본 그는 고개를 끄덕이며 마적들을 향해 몸을 날렸다.

"죽어라, 망할 늙은이!"

매섭게 휘두르는 월도를 향해 장삼은 창을 마주 찔러갔다.

카캉! 퍼억!

창과 부딪친 월도가 일순간에 깨졌다.

장삼의 창은 기세를 잃지 않고 그대로 나아가 마적의 몸통을 꿰뚫어 버렸다.

허공에 떠오른 마적은 그대로 말에서 떨어져 바닥을 굴렀다. 죽지는 않았지만 창날이 빠져나간 구멍에서 피가 쏟아졌다.

"창은 오랜만에 쓰는 건데, 아직 쓸 만하군."

쓰러진 마적을 뛰어넘어 앞으로 나선 그를 기다리는 것은 창칼을 겨누고 있는 마적들이었다. 일제히 손도끼와 단도를 내던진 다섯 기의 마적이 종으로 늘어서 돌진해 오기 시작했다.

제자리에서 몸을 흔드는 것으로 공격을 피해낸 장삼은 한 바퀴 몸을 돌리며 창대 끝을 잡고 크게 기합을 내질렀다.

옷 위로도 보일 정도로 부풀어 오른 근육과 불거진 핏줄. 그는 일체의 가감 없이 전력으로 창을 휘둘렀다.

퍼어억!

"꾸워어억!"

전면을 향해 내기를 가득 담은 창대가 채찍처럼 뻗었다. 둔한 타격 음과 함께 기세 좋게 달려들던 마적들이 창대에 걸리며 말에서 떨어져 나뒹굴었다.

달리는 도중에 기수를 잃어버린 말은 제자리에서 앞발을 치켜들더니 그대로 멈춰 섰다.

뒤따르던 후열에 의해 부딪쳐 얽혀 넘어지는 것은 당연지 사였다.

요란한 소리와 함께 뒤따르던 십수 기의 마적도 땅바닥을 굴렀다.

"이 괴물 같은 늙은이!"

우두머리가 이를 악물며 말 머리의 방향을 틀었다. 수백 기의 기병 돌격이 단둘에게 막혔다는 사실에 소리라도 치고 싶었지만 원래 무림이란 그런 세계였다. 수백이 부딪치는 싸움판에서도 고수 하나가 모든 걸 바꿔 버리는 곳이 무림이다.

변방이라고는 해도 무인이 없는 것은 아니었고, 몇 번인 가 그런 불합리한 자들에게 동료나 부하가 죽는 것을 지켜

봐 왔다.

　분하고 억울하지만 이미 한편으로는 체념하고 있었던 익숙
한 광경이었다.

二. 유인

"캬아아아악!"

"크와아악!"

좌우에서 달려드는 강시들. 손톱을 앞세우는 단순 무식한 돌격이지만 강철 같은 육신이 뒷받침된다면 그것으로도 충분히 효과적인 공격이 되었다.

그에 무양자는 눈썹을 역팔자로 만들며 양손을 움직였다. 오른손에는 검, 왼손에는 검집을 들고 양쪽으로 동시에 뻗었다. 발검에서 이어지는 무광검도가 아니라 사일검의 초식이 사방으로 뻗었다.

무양자는 강시들을 상대로 사일검법의 초식을 순서대로 쏟아내기 시작했다. 일수초현, 후예만궁, 반마만궁, 사양무광, 사양요요, 역만거궁, 후예사일, 구곡전척······.

눈 한 번 깜빡일 짧은 순간에 내친 여덟 초식에 강시가 튕겨 나갔다.

검에 몸이 꿰뚫린 강시는 뻥 뚫린 검흔에서 흑혈을 흩뿌렸고, 검집에 가격당한 강시의 팔다리가 역방향으로 꺾여 부러졌다.

엄청난 광경이었다. 눈으로 쫓을 수도 없는 속도. 괜히 점창 제일의 검법이라 불리는 것이 아니었다.

하지만 무양자의 눈썹은 역팔자를 그린 채 변할 줄을 몰랐다. 오히려 주름이 더욱 깊어졌다.

'녀석들은 아직인가?'

처음부터 천룡무상공과 무광검기를 아낌없이 사용한 덕에 기세를 꺾고 우위를 가져온 상태였지만 이는 오래 이어갈 수 있는 상태가 아니었다.

어느새 혈도와 단전에서 통증이 느껴지기 시작했다. 압도적 우위를 유지할 수 있는 시간이 끝나가고 있었다. 싸움이 길어지고 신체 내부에서 느껴지는 통증이 더해질수록 무양자의 안에서 초조함이 자라났다.

두두두두두!

체력 안배를 생각하기 시작한 시점에서 그토록 기다리던 소리가 들렸다. 무양자를 둘러싼 강시들의 등 뒤로 일단의 기마가 달려왔다. 마적들의 말을 빼앗은 일자배 제자들이었다.

강시들이 갑자기 난입해 온 일자배 제자들을 향해 이빨과 손톱을 겨누었다.

가장 앞에 선 일성은 검 대신 창을 들었다.

세간에 보여준 적이 많지 않았지만 창을 휘돌려 거세게 찌르는 모습은 보이지 않는 노력을 증명하듯 자연스럽기 그지없었다.

쉬이익! 콰드득!

"캬아아악!"

일체의 변화도 없이 올곧은 찌르기. 점창파의 비전 중 하나인 관일창의 초식이다.

기마의 힘을 빌린 창격은 강시의 가슴팍에 작렬하며 강시를 그대로 날려 보냈다. 그 대가로 창날이 완전히 깨지고 창대에서는 나서는 안 될 큰 소리가 났지만 어차피 이를 예상한 일성은 미련 없이 창을 버리고 검을 빼 들었다.

채앵! 챙!

유려하게 이어지는 검의 궤적. 달려드는 강시를 향해 일성이 뻗은 것은 베기 위한 검초가 아니라 상대를 밀어내기 위한 검초였다.

그의 목적은 강시의 섬멸이 아니었다.

격퇴도 섬멸도 아닌, 단순히 밀어내 거리를 만드는 정도라면 그리 어려울 것 없는 일이다. 서넛 정도의 강시를 밀어내니 무양자의 모습이 보였다.

"사숙!"

"늦다! 이놈들아!"

질책성 고함이었지만 얼굴은 웃고 있었다.

달려드는 강시들을 가볍게 밀어 날려 버린다. 그러고는 곧바로 일향이 뒤에서 끌고 오던 또 한 마리의 말에 올라탔다.

능숙하게 안장에 앉아 고삐를 틀어쥔 무양자가 입을 열었다.

"다녀오마!"

이어 무양자가 최후미에서 일성을 따라 질주하기 시작했다. 그러자 상황을 주시하던 마인들과 강시들이 그 앞을 막았다.

"비켜라!"

콰악!

무양자의 외침과 함께 달려들던 마인 하나가 바닥에 쓰러졌다.

쐐액!

이번에는 좌우의 적이다.

정면에서 가로막는 적들과 달리 일격에 처리하지 못했지만, 제대로 처리하려다 기마의 속도가 줄어드는 것보다는 차라리 이 편이 나았다.

위잉!

무양자의 검에서 강렬한 기운이 줄기줄기 흘러나왔다. 따라붙는 무수한 강시들을 향해 무수한 검격을 퍼부었다.

그의 검과 맞부딪힌 강시는 어김없이 튕겨 나가거나 땅바닥에 처박혔다.

내쏘아진 화살처럼 포위를 뚫고 나아가는 무양자. 거침없이 내달리는 그를 멈춰 세울 수 있는 적은 없었다.

언덕으로 일직선. 무거운 마기를 흩뿌리고 있는 적의 우두머리를 향해 말을 몰아 달리며 무양자는 진신 내력을 모두 끌어 올렸다.

화아아악!

퍼져 나가는 엄청난 기세. 전장의 탁기가 한순간 지워질 정도로 강렬한 기세였다.

콰직!

길을 막기 위해 언덕을 내려오던 마인 하나가 무양자의 검에 쓰러졌다.

무양자뿐 아니라 무양자가 탄 말을 노린 공격도 닿지 못했다.

좌우에서 동시에 내뻗은 창이 동시에 튕겨 나갔다.

따앙! 서걱!

한 번 휘둘러질 때마다 하나의 적이 쓰러진다.

십여 명의 마인이 더 쓰러지고 나서야 마침내 무양자의 시선이 아무런 방해물 없이 언덕 위에 닿았다.

십여 개의 인영이 당황해 흔들리고 있었다. 단 하나, 그 중심에 있는 놈을 제외하면.

'뭐지?'

무양자는 보았다.

놈의 두 눈이 비웃듯 휘어 일그러지는 것을.

한순간이었지만 똑똑히 볼 수 있었다.

그리고 놈은 그대로 몸을 돌려 언덕을 내려갔다. 무양자가 오는 곳과는 정반대의 방향. 그 등을 보호하듯 마인과 강시들이 뒤따라 언덕을 내려갔다.

'마주 싸우는 게 아니라 도망을 쳐?'

예상에 없던 반응이다.

놈이 흘린 웃음을 생각해 보면 꺼림칙한 전개였지만 무양자는 말을 멈추지 않았다. 오히려 눈을 빛내며 말의 배를 걷어찼다. 기마는 무양자와 함께 언덕을 넘어 모두의 시선으로

부터 사라졌다.

무양자가 적을 쫓아 언덕 너머로 사라진 것을 확인한 일성은 다시 시선을 정면으로 끌어왔다.

사방에서 넘실거리는 살기와 마기는 한눈파는 것을 허락하지 않았다.

"앞으로 나서지 말고 제자리에서 버틴다. 사숙께서 놈들의 우두머리를 처리하실 때까지만 버티면 된다."

무양자가 빠져나간 자리를 대신하고 선 일성은 다른 일자배 제자들에게 굳은 얼굴로 말했다. 사방을 둘러싼 강시들과 마인들. 무양자는 삼류 시정잡배들을 상대하듯 가볍게 베어넘기던 적들이지만, 그들이 상대한다면 목숨을 걸고 싸워야할 상대였다.

일향과 일양이 한껏 굳은 얼굴로 고개를 끄덕였고, 일도도 무거운 침음과 함께 검을 곧추세웠다.

"온다."

준비를 마치길 기다렸다는 듯 무양자를 쫓던 적들의 시선이 그들을 향했다. 그 시선에 담긴 것은 명백한 살의와 비웃음이었다.

'비웃음?'

왜라는 의문을 떠올릴 여유는 없었다. 그들을 둘러싼 마인들이 일제히 덮쳐왔다.

카아앙! 채앵!

칼날이 부딪치고 불꽃이 튀며 금속성이 울렸다. 예상한 대로 일방적인 수세였다. 숫자도 숫자지만 무양자를 억제하기 위해 모아놓은 적의 정예였다. 무양자에 비하면 모자란 그들이 상대하기엔 무리가 있었다.

그나마 어떻게든 동수를 이루는 것은 일성이 동분서주하며 다른 일자배 제자들의 숨통을 틔워줬기 때문이었지만 가장 큰 것은 강시들이 움직이지 않는 덕이었다.

'왜 움직이지 않는 거지? 사숙 쪽에 신경이 쏠려서 강시들을 제어할 여유도 없는 건가?'

일성의 시선이 여전히 포위를 유지한 채 가만히 멈춰 서 있는 강시들을 향했다. 무엇인가 생각하는 것인지, 아니면 단순히 문제가 생긴 것인지는 알 수 없었지만 경계를 풀 수는 없었다.

"캬아아이아아!"

강시들의 비명 같은 고함.

강시들의 상태를 예의 주시하고 있었기에 망정이지, 갑작스레 터져 나온 외침과 살기에 일성은 순간 일격을 허용할 뻔했다.

간신히 몸을 뒤트니 아슬아슬하게 검날이 허벅지를 스치

고 지나갔다.

"큭!"

일성이 검을 크게 휘둘렀다.

분광검의 검식이 빛살처럼 뻗어 나가 검을 회수하는 마인의 팔뚝을 타고 올라갔다. 팔뚝을 뱀처럼 휘감는 검기.

쒜액!

일성의 검은 그대로 팔뚝을 거쳐 어깨를 꿰뚫었다. 회수하는 검을 따라 핏물이 울컥 튀어나왔다.

"일성, 조심!"

일도의 경호성이 들린 직후, 사방에서 꿈틀거리는 마기와 살기에 급히 고개가 돌아갔다. 바로 옆을 스쳐가는 무거운 바람에 등골이 서늘해졌다.

"뭐, 어디로……!"

강시들의 질주.

흉성을 제멋대로 터뜨리며 짐승처럼 내달리는 강시들이 그 원인이었다. 강시들이 내달리는 진로 상에는 일성이나 다른 일자배 제자들이 있었음에도, 놈들은 그들을 무시하고 한 방향, 즉 용위단 무사들이 진을 치고 있는 곳으로 내달리고 있었다.

"저쪽으로 보내지 마! 여기서 어떻게든 막아야 해!"

일성이 보이지 않을 만큼 빠르게 검을 내뻗었다.

팡!

빛살을 가르며 나아가는 분광검의 일초가 막 일성의 머리 위로 넘어가려던 강시의 목덜미에 거세게 틀어박혔다.

강시의 신체가 벽에 튕겨 나간 듯 뒤로 날려가 바닥에 떨어졌다. 벌떡 일어나는 놈은 꺾인 머리를 붙잡아 다시 제자리로 돌렸다.

인간이라면 그대로 죽어도 이상할 것 없는 중상이지만, 놈에게는 별 충격이 없어 보였다. 이빨을 드러내고 으르렁거리는 모습은 짐승과 같았다.

"지나가지 못하게 붙들어!"

"알고 있네!"

일도와 일성의 목소리가 멀리 퍼져 나갔다.

카아앙! 캉!

하지만 그들이 상대해야 하는 것은 강시만이 아니었다. 강시가 검격을 몸으로 받아넘기는 동안 강시 뒤에서 튀어나온 마인이 협격했다. 직선직이고 난잡한 강시와는 다른 음습한 암격이었다.

칼날이 겹치고 금속성이 울렸다.

"이젠 무리예요!"

일향이 상대하던 마인을 크게 밀쳐내고 나서 급히 외쳤다. 그녀가 감당할 수 있는 한계는 거기까지였다. 일양과 등을 맞대고 사방에서 몰아치는 마인들의 검을 막는 것으로도 숨이 턱 끝까지 차올랐다.

그들 넷이 최선을 다해 싸워도, 아니, 최선 이상의 실력을 발휘한다 해도 일류 넷이 초절정고수 하나를 대신하는 것은 불가능한 일이었다. 그들 넷이 붙들 수 있는 강시는 절반도 되지 않았다.

마인들이 공세에 박차를 가하자 그나마 주의를 붙잡아두던 강시들도 본대, 정확히는 단사천이 있는 방향으로 몸을 날렸다.

일성의 시선이 그 뒤를 좇았지만 몸을 빼낼 수도 없는 상황에서 그것들을 막는 것은 불가능했다.

언제 어떻게 변할지 모르는 전장을 예의 주시하며 긴장하고 있던 단사천은 명백히 그를 향하는 살기와 적의에 고개를 돌렸다.

'저것들이 왜 여기 있어?'

단사천의 시선에 잡힌 것은 앞을 가로막는 무사들을 가볍게 튕겨내고 그를 향해 들려드는 강시들이었다.

"쿠와아아악!"

흉성을 터뜨리며 몸을 던지는 강시가 한둘이 아니었다. 당장 용위단 무사들의 진형을 뛰어넘는 놈들만 해도 십여 구나 되었다.

'설마 벌써 뚫린 거야?'

미간을 찌푸린 단사천은 자신만만하게 장담하던 그의 사형제들을 향한 불만을 내뱉는 대신 굉뢰의 검 자루를 거칠게 쥐었다.

그를 껴안기라도 하려는 듯 양손을 내뻗은 채로 몸을 내던져 날아오는 강시가 벌써 지척에 이르렀다.

쐐액! 콰득!

단 번에 세 차례의 검격이 뻗었지만 소리는 하나로 겹쳤다. 극쾌의 발검. 앞으로 내뻗은 양손과 한껏 벌려진 상어의 아가리 같던 입속에 세 가닥의 흑선이 꽂혔다.

강철 같은 손가락이 꺾이고 손톱이 깨졌다. 이빨을 깨부수고 틀어박힌 검날은 그대로 경추를 꿰었다.

실이 끊어진 인형처럼 움직임을 멈춘 강시는 그대로 단사천을 지나쳐 땅바닥과 충돌했다.

하나를 쓰러뜨렸지만 멈춰 있을 여유는 없었다. 주변에 다른 사람들이 없는 것도 아니었건만, 강시들은 오로지 그를 향해서만 이빨과 손톱을 들이밀고 있었다.

"아니, 저것들은 왜 하필이면 이쪽으로 와?"

벌레 씹은 표정으로 단사천은 바로 떠오른 의문을 내뱉었다. 대답을 구하는 질문은 아니었고 그냥 답답한 마음에 별 생각 없이 내뱉은 말이었지만 기대하지 않은 대답이 돌아왔다.

"술자가 설정한 적이 사라졌으니 저놈들은 그저 영기가 뭉친 곳을 찾아오는 거다. 본능적인 거지."

어느새 마차에서 나와 그의 어깨에 올라탄 현백기였다. 점창파 제자들이 일행에 합류하며 주위의 눈을 신경 써야 했던데다 파군의 내단을 관리하기 위해 마차에서 두문불출하던 현백기였지만 점창파 일행이 멀어지자 바깥으로 나온 것이다.

"왕야, 이렇게 나오셔도 괜찮으신 겁니까?"

"뭐 어떠냐? 내가 있는 걸 알아도 문제될 놈들은 다 저기가 있는데. 그보다 앞이나 봐라."

어느새 다가온 강시를 향해 뛰어오른 현백기는 몸을 둥글게 말아 강시의 가슴팍에 부딪쳤다.

쿠웅!

부드러운 모피가 아니라 새하얀 철구가 들이받은 것 같은 충격음과 함께 강시가 덜컥 움직임을 멈추었다. 급소가 훤히 드러나는 상태. 곧바로 단사천의 검격이 뒤를 따랐다.

쉬이이익!

현백기의 몸이 튕겨 나온 흉골 위로 검격이 달렸다. 실금을 후벼 파내듯 꿰뚫는다. 조각나 사방으로 흩어지는 뼛조각과 흑혈.

이어지는 일격은 부서진 흉골과 늑골 사이로 파고들어 생기 없이 움직이는 강시의 심장을 부쉈다.

"후우, 그럼 됐습니다만. 그런데 방금 하신 말씀을 좀 자세히 듣고 싶습니다. 무슨 소리입니까?"

"어려울 것 있는가? 말 그대로다. 저 강시들은 이 주변에서 가장 큰 영기를 쫓아서 온 거다. 그걸 제어할 술자의 기척은 네 사부가 쫓아가 그대로 멀어졌으니 아마 이제부터는 계속 널 노리고 달려들겠지."

"…그렇습니까."

술자의 제어를 벗어나 폭주한다는 말이면 무양자가 제대로 적의 두목을 쫓는다고 봐도 좋을 상황이다.

거기서 그를 목표로 모든 강시가 달려든다는 사실만 아니었다면 상황 전개에 만족을 표할 수 있었을 테지만, 가장 위험한 역할을 강제로 떠맡을 수밖에 없다는 것에 머리가 아팠다.

단사천이 고개를 천천히 끄덕이다가 등을 타고 오르는 현백기를 향해 고개를 돌려 물었다.

"그렇다면 왕야께서도 마찬가지고, 내단도 노려지고 있다는 건데, 위험한 거 아닙니까?"

"걱정 마라. 그래서 여기 왔잖느냐."

현백기의 대답에 단사천의 시선이 미적지근해졌다. 그 말대로라면 지금 이곳에서 가장 위험한 이는 바로 그라는 소리였고, 남은 강시는 전부 이곳으로 몰려들 것이라는 소리였으니까.

"따로따로 흩어져서 아랫놈들 다 죽는 것보다야 낫지 않… 느냐!"

갑작스레 말을 멈춘 현백기는 복슬복슬한 꼬리를 당겨 휘두르며 말을 마쳤다.

새하얀 털 뭉치나 다름없는 꼬리였지만 영기를 가득 머금자 강철 몽둥이가 부럽지 않은 강도를 가지게 되었다. 그것을 크게 휘두르니 등 뒤로 날아들던 십여 개의 암기가 콩 볶는 소리를 내며 튕겨 나갔다.

시선을 뒤로 돌리니 그를 노려보며 살기를 피워내는 마인들을 볼 수 있었다. 그의 목숨을 노리는 적은 강시만 있는 것이 아니었다.

"계속 옵니다!"

"위치 사수는 포기한다! 일단 두셋으로 짝지어서 싸워!"

이제는 완전한 난전이다. 머리를 잃은 마적들도 우왕좌왕 그저 날뛰던 것에서 활로를 찾아 활기를 띠기 시작했다. 사방에서 피와 비명이 흘러넘쳤다.

"너는 저것들을 상대할 생각이나 해라. 여기서 저것들 상대할 수 있는 건 네 녀석을 포함해서 기껏해야 서넛 정도일 테니까."

현백기의 시선이 마인들을 뚫고 그에게 오고 있는 관일문과 마적들 사이를 뛰어다니며 노익장을 발하는 장삼에게 향했다.

다음으로 무설의 호위인 은월조 무사들을 확인했지만 그것도 잠시, 고개를 휘휘 내저었다.

"하나는 전체 지휘, 하나는 저 나이에 무리하고 있으니 얼마 못 가 퍼질 거고, 나머지는 저것들이랑 싸우려면 제 명줄 붙들고 있기도 힘들겠다. 사실상 움직일 수 있는 건 이무기 꼬맹이 너 정도다."

현백기가 말을 하는 동안에도 강시들과의 거리는 빠르게 가까워지고 있었다.

후방에 남은 호위 무사가 없는 것은 아니었지만 강시의 육체에 제대로 상처를 낼 수 있는 실력자는 드물었다. 대부분은 기껏해야 시간을 끄는 정도밖에 되지 않았다.

단사천은 대답 대신 이제 지척까지 가까워진 강시들을 보며 검 자루에 손을 얹었다.

어차피 그를 노리고 오는 것들이다. 현백기의 말대로라면 영기를 쫓아오는 것이니 피한다 해서 피할 수 있을 것 같지도 않았다.

피할 수도 없고 누군가 대신 막아줄 사람도 없다면 참으로 안타까운 일이지만 스스로 움직일 수밖에 없었다.

'호위 무사가 날 지키는 게 아니고 내가 호위 무사를 지킨 다니……'

그렇다고 왕인 현백기에게 떠넘길 수도 없었다. 이래저래 한숨만 나오는 상황이었지만 그 한숨을 내쉬고 있을 여유도 없었다.

"키애애액!"

"크루라아악!"

괴성과 함께 남은 거리를 일순에 좁힌 강시들. 양옆과 정면, 무광검도의 영역 안에 들어온 것은 셋이었다.

쐐애애액!

단숨에 베어낼 요량으로 몸 전체를 회전시키며 일검을 크게 휘둘렀다. 단사천의 발이 앞으로 내디뎌지며 무광검도의 최단 선을 따라 강렬하고도 날카롭게 공격권을 휩쓸었다.

그 검날에 강시들의 몸이 휩쓸려 들었다.

파카캉!

단 일격에 얽혀 들던 팔다리가 부서졌다. 뻗어내는 검에 강시 하나의 어깨가 통째로 날려갔다.

'그전에 상대하던 것들보다 좀 더 단단한가?'

손끝에 느껴지는 저항이 한 단계 강했다. 악문 이빨에 힘이 더해지고 의념은 단전에서 무광검기의 줄기를 더 끄집어 냈다.

퍼억!

한 단계 더욱 짙게 끌어 올린 무광검기가 내달리자 이번에는 강시의 머리 하나가 부서졌다. 술이 담긴 자기병이 깨지는 것 같은 광경.

잔인한 손속이지만 터져 나오는 것이 먹물 같은 독수이기에 별반 감흥을 일으키지는 못했다.

아니, 애초에 넘쳐나는 무광검기라는 폭풍의 방향을 조절하는 것만으로도 단사천은 정신을 있는 힘껏 집중하고 있었다.

"크라아악!"

순식간에 셋이나 되는 강시가 쓰러졌다. 주변에서 약간의 거리를 두고 사태를 관망하던 마인들도 안색을 바꾸며 달려들었다.

강시와 마인들이 뒤섞여 덮쳐왔다.

겹집을 거칠게 긁는 난폭한 발검. 무광검기를 가득 품은 굉뢰가 그들을 향해 마중 나갔다.

퀴이이잉! 퍼엉! 펑!

최적의 검로를 일부러 찾아낼 필요도 없었다.

흑색의 검기가 온몸을 타고 흐르며 그의 몸을 움직였다.

이것이야말로 무광검도가 추구하는 길이라고 알려주는 것 같았다.

무양자가 보여주던 무광에 이르는 길이 단사천에게도 희미하게나마 보이는 것 같았다.

천하제일의 쾌검.

어쩌면 쾌검이라는 글자를 지우고 온전한 천하제일에 이를 수 있는 길일지도 모른다.

다만 지금도 무광검기에 이끌리는 몸을 멈춰 세운 단사천에게는 아무래도 좋은, 아니, 오히려 사양하고 싶은 것이었다.

'…지금은 그딴 거 필요 없어!'

욱신!

극쾌의 검도는 인간의 한계를 배려하지 않는다. 체력과 정신력, 신체의 내구까지도 순식간에 바닥으로 치닫고 있었다.

욱신!

그리고 무엇보다 무광검기는 정말이지 더럽게 아프다. 그 양이 조금 늘어나 버리니 혈맥에 가해지는 부담이 장난이 아니었다.

반쯤 영물화(靈物化)가 끝난 육신은 인외지경에 한 발 걸치고 있고, 호체보신결의 성취는 이제 깊이를 재기 위한 척도도 의미가 없는 심도(深度)에 이르렀다.

천무지체니 자미신체니 하는 전설에나 나올 법한 신체가 되었건만, 그럼에도 무광검기가 이끄는 검로는 여전히 큰 부담이었다.

흑색의 검기는 사정없이 몰아치고 내달린다. 주천(周天) 한 번에 살이 깎이는 것이 느껴질 정도였다.

'내가 원한 건 양생법에 호신술이었지 늙어서 골병이나 들 이런 막 나가는 무공이 아니었는데……'

자신의 처지를 한탄하면서도 손은 멈추지 않았다. 어쨌거나 움직일 수밖에 없는 상황이었다.

단사천의 몸이 회전했다. 검을 바꿔 잡은 왼손이 빛살을 가르며 움직였다.

쩌어어엉!

강시의 몸이 뒤이어 달려들던 마인들과 뒤엉켜 튕겨 나갔다.

그것을 시작으로 굉뢰가 흑색과 희미한 회백색을 남기며 사방으로 몰아쳤다.

쐐애액! 촤악! 콰앙!

강시가 몇이든 마인들의 병장기가 몇 자루든 굉뢰의 질주에 제동을 걸 수 있는 것은 하나도 없었다.

순식간에 마인 두 명이 피를 토하며 땅바닥을 굴렀고, 강시 셋이 사지가 꺾이며 튕겨져 나갔다. 일검을 제대로 버텨내는 자가 없었다.

퀴이이잉! 퍼엉!

마지막까지 서 있던 강시를 향한 그 일격을 마지막으로 사방을 헤집으며 몰아치던 폭풍이 멈췄다.

"후우……."

단사천은 긴 한숨을 내쉬었다. 곧 다시 싸워야 할 테지만 당장 지금은 그를 노리고 달려드는 적이 없었다.

일시적 공백에 그는 들끓는 무광검기의 후폭풍을 가라앉히기 위해 호흡을 되돌렸다.

한 단계 더 끌어 올린 무광검기가 남긴 상처는 생각보다 깊었다. 가부좌를 트는 간단한 동작에도 혈맥과 근골이 비명을 질러댔다. 그야말로 몇 주 정도는 정양해야 할 지경이었다.

압도적인 파괴와 향연이 멎었을 때 그의 등에 매달려 후방을 맡아주던 현백기가 단사천의 어깨로 자리를 옮겼다.

"고생했다. 내가 도와줄 테니 잠깐 그대로 있도록 해라."

현백기가 견정혈을 통해 차가운 영기를 흘려 넣으며 말했다.

냉수를 끼얹은 것 같은 서늘한 느낌과 함께 통증이 순식간에 가라앉았다.

우악스러운 응급조치였지만 누그러드는 고통에 굳어 있던 표정이 풀렸다.

"…끄으응."

현백기의 처치는 길지 않았다. 그럴 시간이 없었다. 현백기가 다시금 기운을 거둬가는 것을 느낀 단사천은 신음을 내뱉으며 주변을 살폈다.

어느새 주변에는 제 역할을 다하기 위해 모인 호위 무사들로 가득했다. 그를 중심으로 짜인 방진이다.

더 달리게 해달라며 아직도 보채는 무광검기를 억눌러 놓고 나서야 보신결의 진기를 북돋웠다.

하단을 거쳐 중단, 그리고 상단에 도착한 진기는 단 두 개의 명령을 받고 다시 역순으로 혈맥을 되짚어 내려갔다.

회복과 안정.

그것은 천천히 내려가며 전신으로 흩어졌다. 무광검기가 통과하며 흔들린 기경팔맥에서부터 충격에 휩쓸린 세혈까지 뻗어 나갔다.

그렇게 전신을 한 바퀴 휘돌고 다시 단전에 안착한 진기는 사방에 일부를 나눠주느라 반쪽이 된 몸집을 불리고 다시 하단, 중단, 상단에 이르는 과정을 몇 차례나 반복했다.

한 번 지날 때마다 통증이 줄어들고, 혈도에 들어찼던 탁기가 흩어져 갔다.

막 다섯 번째 주천을 마쳤을 때였다. 조금씩 편안함을 찾던 단사천의 얼굴이 굳어졌다.

근처에서 들려온 고함 소리와 갑작스레 나타난 짙은 마기의 존재 때문이었다.

"크롸아아아악!!"

멀지 않은 곳에서 용천이라도 터진 듯 갑자기 울컥 솟아나는 마기와 부풀어 오르는 기척이 기감을 거세게 때려 울렸다.

땅에서 솟아났나 싶을 정도로 갑작스레 나타난 그 기척과의 거리는 기껏해야 십 장을 넘지 않았다. 어지럽게 얽힌 전장이라지만 이렇게 가까이에 있음에도 미처 눈치채지 못했다.

오감과 기감의 문제는 아니었다. 지쳤다고는 해도, 아니, 지쳤기에 더욱더 감각은 날카롭게 다듬어져 있었다. 긴장을 풀 수 없는 상황이었으니까.

뭔가 수를 써놓은 것이라고밖에 생각할 수 없었다.

그것이 주술이든 잠행술이든 다른 어떤 방식의 은신이든 간에 말이다.

그리고 그건 무양자가 자리를 비운 지금에서야 기척을 드러냈다는 것에서 확신이 되었다. 명백하게 노리고 계산한 짓이었다.

'대체 몇 번이나 더…….'

정말로 머리가 아픈 여행이다. 그렇게 속으로 되뇌며 단사천은 굉뢰의 손잡이를 거칠게 움켜쥐었다.

三. 함정

"핫!"

히힝!

투레질하는 말의 배를 차며 내달렸다. 마적에게서 뺏은 말은 생각 이상의 준마였는지 언덕을 내려가며 더해지는 가속도가 상당했다.

'아니, 이건 말에도 뭔가 수작을 부려놨군. 호흡에 체온 하며… 덜 돼먹은 놈들, 말 못 하는 짐승에게 무슨 짓을.'

처음 느끼는 말의 각력에 감탄하던 무양자는 안장 너머로 전해지는 뜨거운 열기에 얼굴을 굳혔다.

포위를 뚫는 동안은 보지 못한 것들이 그제야 눈에 보이기 시작했다. 말 입가의 피거품과 정도 이상의 땀. 그야말로 목숨을 깎아가며 달리고 있는 중이었다.

"이런 썩어빠진 놈들이!"

하지만 그렇다고 멈출 수도 없었다.

말의 생명을 살릴 수 있다는 보장도 없거니와 당장 눈앞에 혈교의 마인이 있었다. 여기서 마인을 놓치면 얼마나 더 많은 악행을 벌일지 알 수 없는 악인. 놓쳐서는 안 될 일이었다.

"후욱!"

무양자는 짧게 숨을 내뱉으며 말안장에 달려 있던 손도끼를 내던졌다. 특별한 투척술은 아니었지만 내공이 담긴 손도끼는 거칠게 회전하며 앞에 달리는 마인의 등짝에 '쩌억' 하는 소리와 함께 깊숙이 박혀 들었다.

등판에 가해진 강렬한 충격에 덜컥 굳은 마인은 그대로 피를 뿜으며 쓰러졌다.

쿠당탕!

요란하게 구른 마인은 일어서지 못했다. 신음과 미약한 몸부림이 전부. 그제야 선두를 달리던 놈들의 우두머리가 멈춰섰다.

"도망쳐 봐야 소용없다는 걸 알았……."

의기양양하게 입을 열던 무양자는 천천히 뒤를 도는 적의 모습에서 뭔가 잘못된 것을 깨달았다.

완전히 몸을 돌린 놈의 눈가에 떠오른 것은 이지가 느껴지지 않는 혼탁한 적의와 살의, 흥성뿐이었다.

인간이 아니라 강시의 그것을 더 닮은 눈.

느릿한 움직임으로 복면을 잡아 찢었다.

쫘아악!

흑색 복면이 걷히고 드러난 얼굴은 인흠로의 얼굴이 아니었다.

나병 환자의 그것을 보는 것 같은, 녹아내려 일그러진 얼굴. 눈가를 제외한 모든 곳이 괴이하게 뒤틀려 있었다.

썩어 문드러진 얼굴에는 표정이 없는데도 그저 두 눈만이 산 자에 대한 증오로 번들거리며 빛났다.

"으음……"

그것의 시선을 받은 무양자는 저도 모르게 침음을 흘렸다.

악의를 모아 빚어낸 것이 아닌가 싶을 정도로 추악함을 모아 만들어낸 것 같은 외견이었다.

진기를 끌어 올려 마음을 진정시키고 무양자는 말에서 내려 앞으로 걸었다.

느껴지는 기운이 심상치 않았다. 익숙하지 않은 마상전투로는 낭패를 볼 수 있다는 판단에서였다.

말에서 내려 앞으로 걸어 나오는 무양자를 마중하듯 괴인도 앞으로 나섰다.

끼익, 하는 소리가 들릴 것 같은 뻣뻣한 움직임. 입에서 새어 나오는 짐승의 울음소리 같은 신음. 그간 몇 번이나 부순 강시가 떠오르는 모습이었으나 그것들과 비교하기 힘들 정도로 짙은 악의가 느껴졌다.

"주변에 있는 놈들 중에 술자는 없는 듯한데……."

아무리 기감을 끌어 올려도 주술적인 기운의 조각 하나 발견할 수 없었다.

대신 감지할 수 있는 것은 음산함과 오싹함 밑에 깔린, 부패되어 뒤틀린 생명에 대한 무조건적인 원한과 증오뿐이었다.

술자가 없으면 폭주하다 자멸하는 다른 강시들보다도 월등히 질이 나쁜 괴물이다.

괴인의 얼굴이 일그러지기 시작했다. 그렇지 않아도 징그럽던 얼굴이 비위가 약한 자는 그대로 토악질을 할 수준에 이르렀다.

"쿠와라아악!!"

가래가 들끓는 것 같은 혼탁한 외침이 터져 나온다. 그것으로도 모자라 괴인의 입에서는 어둡고 짙은 마기가 연기처럼 넘실넘실 흘러넘쳤다.

무거운 안개처럼 입에서부터 바닥으로 흘러내렸다. 그리고 얼마 지나지 않아 괴인의 발 언저리는 흑색의 안개로 뒤덮였다.

흑색의 안개는 단순히 시선을 끌어당기기 위한 것이 아니었다.

초원에 피어난 풀들은 안개에 닿자 순식간에 잿빛이 되어 바스러졌다.

"독무는… 아닌 것 같은데."

보는 순간 독기인가 싶었지만 그것과는 또 무언가 달랐다.

잠시 고민하던 무양자는 이내 생각을 지워냈다.

저것이 무엇이든 알지 못하는 것을 섣불리 재단하는 것은 위험한 일.

무양자는 검을 납검하고 자세를 취하며 괴인을 똑바로 응시했다.

강시로 보이는 괴인을 노려보는 무양자의 눈이 강렬한 기광을 발했다. 마기에 맞서 올올히 풀려 나오는 천룡무상공의 기도가 사위를 짓누르는 듯했다.

"크흐으으……."

괴인의 입에서 흘러넘치는 마기의 안개가 주변을 잠식하

기 시작하며 사물이 일그러지기 시작했다. 마침내 일그러짐이 그들의 주변까지 다가왔음에도 무양자는 움직이지 않았다.

오직 그와 괴인 사이에서 똑바로 이어지는 최적의 검도만을 응시했다.

"크륵, 크르륵!"

일렁이는 마기의 안개 속에서 괴인의 울음소리가 들렸다.

형체도 보이지 않을 정도로 짙은 마기 속에서 붉은 눈빛만이 선명했다.

"밖으로 나와라."

무양자가 손을 가볍게 내저었다. 마기의 흑색과는 또 다른 흑색의 선이 이어졌다.

쿼이이잉!! 펑! 퍼펑!

"쿠와아아악!"

검은 빛줄기가 안개를 가르며 다섯 개의 구멍을 만들었다. 흑색과 흑색이 엉켰다. 무광검기의 흑선에 주변 마기가 잡아먹히듯 사그라졌다.

제 영역이 망가진 것에 분노하듯 괴인이 울부짖었다.

웅웅거리는 대기. 벌 떼 같은 소리가 안개의 중심에서 퍼져 나갔다.

위이이이잉!

괴인의 악의와 적의가 마기의 안개에 스며들었다. 오로지 검기만 하던 안개에 붉은 기가 감돌더니 살아 있는 것처럼 움직였다.

"캬악!"

혹선의 숫자에 맞춰 다섯 줄기의 마기가 뻗었다. 속도는 빠르지 않지만 하나하나가 기둥같이 두꺼워 거인의 손아귀를 연상시키는 압박감이 있었다.

이번에도 무양자는 움직이지 않았다. 가만히 제자리에서 괴인의 붉은 안광이 있는 곳을 노려볼 뿐이다.

점차 가까워진 검은 마기는 이제 손을 뻗으면 닿을 거리. 무양자가 말했다.

"무광검도 무음검 투심(偸心)."

무양자는 조용히 초식명을 읊조렸다.

장식 하나 없는 밋밋한 검이 한 차례 반원을 그린 후 앞으로 뻗었다.

번쩍! 쿠르르릉!

백색과 흑색이 뒤섞인 검기가 전면을 가득 메우며 내달렸다. 흑백의 벽력이 검은 거인의 손을 거칠게 찢어발긴다.

"크륵!"

그때 괴인이 움직였다.

화들짝 놀라 뒤로 펄쩍 뛰며 몸을 뒤틀었다. 그와 함께 짙은 마기의 안개를 관통하는 주먹만 한 구멍이 생겨났다.

그 구멍은 방금 전까지 괴인이 서 있던 그 자리를 지나고 있었다.

"이걸 막는 것도 아니고 피해? 확실히 보통 강시는 아닌데."

자세를 푼 무양자는 턱을 쓰다듬었다. 무양자는 느긋하게 서서 괴인이 보여준 움직임에 대해 곱씹어보았다.

'저 안개에 검기가 닿은 순간 바로 움직였단 말이지. 그리고 그 움직임, 생각보다 훨씬 빠르고 유연했다. 방금 전까지 삐걱거리던 건 함정이었나?'

그 찰나의 움직임은 나쁘지 않았다. 아니, 나쁘지 않은 수준이 아니라 고수의 반열에 올려놓아도 손색이 없을 정도였다.

투심이라는 초식.

마음[心]을 훔친다[偸].

시선을 끄는 허초, 그 사이에 찔러 넣는 일격의 찌르기. 비겁하다 욕을 들어도 할 말 없는 초식이었다. 단사천에게 가르친 암검세 이상으로 바깥에 내보이기 껄끄러운 것이니만큼 초견인 자들에게는 절명, 혹은 그에 준하는 상처를 입힐 만큼 위험하기도 한 살초였다.

'그런데 겨우 저 상처로 끝이라니, 첫 수는 손해를 봤군.'

가슴에 길게 새겨진 상흔이 전부로 뼈에도 미치지 못한 상처이다. 엄청난 반응 속도와 강철보다 단단한 신체가 복합적으로 작용한 결과였다.

무양자는 예상 이하의 성과에 쓴웃음을 지었지만 놈은 그렇게 생각하지 않는 듯했다. 진한 먹물 같은 체액이 넘쳐흐르는 상처를 내려다보더니 입을 쩍 벌리며 괴성을 내질렀다.

"크아아아아아악!!"

"이런, 성질을 건드렸나?"

말이 끝나자마자 무양자의 신형이 훅 꺼지듯 사라졌다.

콰아앙!

무양자가 서 있던 자리에 굉음과 함께 괴인이 떨어졌다. 종아리의 절반이 땅에 박혀든 모습이 괴인의 괴력을 증명하고 있었다.

"쿠와아악!"

어디에서 말하는 것인지 눈으로 좇기도 힘들 정도의 빠른 속도로 이동에 이동을 거듭하며 무양자는 주변을 살폈다.

'얼마나 멀리 온 거지? 이놈들, 작정하고 유인했군.'

나무 하나 없는 허허벌판. 추격을 하며 상당히 멀어진 건지 주변에는 언덕도, 구릉도 없었다.

'중요한 건 여기가 아니야. 지금쯤 제자 놈이 있는 곳은 난장판이 되어 있을 테지.'

생각은 거기까지였다. 최대한 빨리 되돌아가려면 지금 여기서 저것을 쓰러뜨려야 했다. 생각을 정리한 무양자는 정신을 눈앞의 괴인에게 집중했다.

이제는 더 확인하고 생각할 것도 없었다. 눈앞의 상대에 집중해야 할 시간이었다.

"캬악!"

"그래, 보채지 않아도 지금부터 네놈과 놀아줄 생각이다."

무양자가 회피를 멈추고 기세를 날카롭게 다듬자 괴인 또한 무절제한 돌격을 멈췄다.

무양자를 노려보는 괴인의 새까만 혀가 날름거렸다. 양팔을 앞으로 내밀며 안개처럼 흩뿌려 놓은 마기를 끌어모으는 괴인이다.

특별할 것 없는 검신에 묵색 무광검기가 실린 긴 궤적이 허공을 가르는 순간, 괴인은 방향을 틀어 뒤로 물러나며 자신이 지닌 힘을 완전히 전개해 냈다.

파아아아! 콰아앙!

꽹음이 울러 퍼졌지만 실질적인 피해는 없었다. 음속을 넘는 충격파도 괴인의 방어력을 넘어서지는 못했다.

단순히 육신이 단단한 것만으로 가능한 일이 아니었다. 무공, 그것도 상당히 고절한 무리(武理)가 움직임을 뒷받침하고 있었다.

파삭!

무양자의 일격을 막아낸 괴인의 장삼 소맷자락이 찢어져 날아갔다. 미처 흘어내지 못한 경력이 옷을 수십 갈래로 찢어버린 것이다.

하지만 팔에는 생채기도 남지 않았다.

"캬아아악!"

괴인의 입에서 살의 넘치는 기합성이 터져 나왔다.

생령을 증오하는 악의가 그 안에 있었다. 내뻗는 독수(毒手)에는 오로지 적의와 살의, 막대한 악의만이 가득 담겨 있었다.

위아래로 내뻗는 쌍수.

무광검도의 검격이 괴인의 양손을 향해 발출되었다. 묵광과 폭음이 터졌다.

손목을 베어내기 위해 내뻗은 참격이었지만 거대한 철구처럼 팔 전체를 감싼 마기의 벽을 벗겨내는 것에 만족할 수밖에 없었다.

하지만 그마저도 곧 살아 있는 것처럼 꾸물거리는 마기에 의해 덮여 다시 보이지 않게 되었다.

아무런 피해가 없자 괴인은 입꼬리를 당겨 씨익 웃어보였다.

명백한 비웃음에 무양자는 검 자루를 바로잡으며 마주 웃어 보였다.

"허, 비웃을 줄도 알고, 이것들이 아주 요괴를 만들어놨군. 아무튼 좋다. 충분히 단단한 것 같으니 좀 더 빠르게 간다."

퀴이이잉! 파앙! 팡! 팡!

흑색의 선 하나가 이어지며 짙은 녹색과 자색이 섞인 마기의 흑색이 걷혔다.

일격마다 팔을 뒤덮은 마기의 벽에 큼직한 구멍이 생겨났다.

'쩌적' 하고 피부에 금이 가고, 그 안에서 진득한 칠흑의 독수가 새어 나왔다.

고통을 느낀 것인지 괴인의 얼굴이 흉측하게 일그러졌다.

"캬아아악!"

괴인의 손이 어지럽게 흔들렸다. 철구처럼 단단하게 뭉쳤던 마기가 무수한 수영(手影)이 되어 퍼져 나갔다. 부챗살처럼 퍼진 그것은 천수관음상을 떠올리게 하는 모습이 되었다.

혈교의 호교무공 친혈관음수(千·血觀音手).

수영이 이리저리 얽히며 내뻗어왔다. 수십, 아니, 수백에 이르는 수영은 살기를 가득 담고 방어 따위는 생각지 않는 필살의 공세였다.

하지만 무양자는 그 광경에 놀란 표정을 보이면서도 손을 멈추지 않았다.

우우웅! 쫘아아앙!!

속도를 줄이고 무게를 더한 일격이 그를 향해 뻗어오는 무수한 수영의 한가운데에 '뻥' 하고 커다란 구멍을 뚫어버렸다.

폭음과 함께 괴인의 오른팔이 착탄한 무광검기에 박살 나고 상처에서 새까만 핏물이 폭발하듯 터져 나왔다. 사방으로 흩어지는 그 독수(毒水)를 향해 무양자의 검이 재차 움직였다.

피잉! 핑핑! 파파팍!

날카로운 소음과 함께 괴인의 눈앞에 돌연히 검은 벽이 나타났다. 그 검은 벽은 사방으로 튀던 독수를 되돌려 튕겨냈다.

독수 방울 하나하나를 튕겨낸 검은 벽은 나타났을 때와 같이 돌연히 사라졌다.

"혈교의 호교무공에 보통 강시 이상의 강도라… 광인 수준이지만 지능도 있는 것 같고, 신기하고 대단하기야 하다만 더 확인할 건 없는 것 같으니 이만 끝을 보자."

흉하게 박살 나서 뜯겨 나간 팔을 멍하니 내려다보던 괴인은 무양자의 선언에 녹슨 기관처럼 삐걱거리며 고개를 돌렸다.

통증을 느끼는 것인지 악의로 번뜩이던 무기질적인 눈동자가 뿌옇게 변해 있었다. 그럼에도 그 눈은 무양자의 손이 검 자루로 향하는 것을 좇았고 몸은 그에 반응해 반사적으로 후방을 향해 뛰었다.

결코 느리지 않은 반응 속도였지만 이미 허리가 반으로 베여 비스듬히 넘어가고 있었다.

꽈아아아앙!!

귀청을 찢는 것 같은 맹렬한 폭음.

허공에 남은 무광검기의 잔흔은 지금까지의 그 어떤 흔적보다도 진하고 거칠게 허공을 찢어발기고 있었다.

"크흠! 큼! 카학! 퉤! 속이 뒤틀리는구먼. 아무래도 개량을 좀 해야겠어. 이러다 제명에 못 죽지."

천룡무상공과 호체보신결로도 어쩔 수 없던 울혈을 내뱉은 무양자는 손에 들린, 이제는 날 부분이 하나도 남지 않은 검을 내려다보곤 머리를 긁적였다.

보검, 신검 소리는 못 들어도 점창파 제일고수가 사용하는 검이다.

운남성 제일의 장인이 두드려 만든 수작이었건만 역시나 그의 전력을 버티기에는 무리가 있었다.

하나 박살 난 것은 검만이 아니었다. 손아귀는 떨리고 있었고, 옷자락은 찢기고 터져 피부가 보였는데 그 사이로 내출혈의 흔적이 보였다.

대기의 벽에 부딪쳐 산산조각이 난 검을 미련 없이 내버린 무양자의 시선이 괴인을 향했다.

"이거 놀랍군. 아직도 움직이는 건가?"

허리에서 가슴까지 삐뚤게 베인, 아니, 베였다고 하기보다는 거인이 우악스레 잡아 뜯어내 두 조각을 만든 것 같은 흉측한 모습이었으나 괴인은 여전히 움직이고 있었다.

사람이었다면 즉사 외에는 다른 결과가 있을 수 없는 중상과 출혈이다.

절단면에서 망가진 내장이 쏟아지고 항아리를 가득 채울 정도의 흑혈이 흘러 초원에 고였다. 그럼에도 양팔만으로 무양자를 향해 조금씩 기어 오고 있었다.

상식의 재단을 거부하는 기괴한 모습이었으나 단지 그뿐이다.

"불쌍한 것. 죽지도 못하는 것이냐? 그렇다면 내 손을 빌려 주마."

무양자가 손을 뻗었다. 그러고는 곧게 뻗은 손날에 진기를 담았다.

수검(手劍)이다. 시리도록 새하얀 빛에 휘감겨 한 자루 보검이 된 손이 선을 그었다.

콰직! 우드득!

도검불침의 육신을 맨손으로 부숴 버리는 절정의 수공(手功)

이다. 끈적이는 검은 피로 덮인 괴인의 목덜미가 끔찍한 소음과 함께 베였다.

쿠웅!

부서진 머리가 땅에 떨어지며 묵직한 소리를 냈다. 짧은 비명도 있었다. 공기가 빠지는 괴인의 소리.

그것을 끝으로 몸뚱이도 움직임을 멈췄다. 사체에서 흘러나오는 피가 사방으로 흘렀다.

검은 독수에 닿은 들판의 초목은 마치 불에 타는 것 같은 소리와 함께 죽어 바스러졌다.

오직 무양자가 서 있는 곳에만 벽이라도 둘러친 듯 멀쩡했다.

"그럼 이제 돌아가야 할 텐데……."

무양자는 중얼거리며 뒤를 돌아봤다. 길게 뻗은 지평선에 목적지는 보이지 않았고, 그 대신 앞을 가로막기 위해 늘어선 마인과 강시 수십이 보였다.

수중에는 검도 없고 혈맥은 무광검기가 할퀴고 지나간 흔적에 내공도 제대로 운용할 수 없었다.

"그래도 저 정도라면 충분하지만……."

적의 숫자와 그간 쌓인 피로까지 온통 그에게 불리한 조건이었지만 기초가 되는 무력의 격차를 생각한다면 문제가 될 정도는 아니었다.

그것보다 무양자의 신경이 집중된 것은 이동 거리였다. 다시 되돌아갈 거리는 거침없이 말을 달린 만큼 상당했다. 경공을 최대한으로 펼쳐도 꽤나 시간이 걸릴 것 같았다.

"별일 없으면 좋겠다만……."

*   *   *

둑을 무너뜨린 탁류란 이런 것이다. 그렇게 여겨질 만큼 거칠게 가해지는 공세였다.

어디 숨어 있던 건지 알 수 없는 백 명이 넘는 마인의 가세는 지칠 대로 지친 무사들이 상대하기에 너무나 많았다. 사이사이 섞여 있는 강시들까지 생각하면 그들에게 버티라는 것은 무리한 요구였다.

"도, 도와… 커어억!"

"젠장! 절대 혼자 싸우지 마!"

사방에서 지원을 외쳤다. 그때마다 그나마 여유가 있는 관일문, 장삼이 뛰어다니며 그들의 숨통을 틔워놓았지만 그들의 체력과 내공에도 한계가 있었다.

뭔가 잘못 먹은 것은 마적들만이 아니었다. 마인들도 시뻘겋게 물든 전신에 김을 피워 올리며 미친 듯이 몰아치고 있었다.

우직! 빠악!

"크억!"

주먹에 얼굴을 얻어맞은 마인 하나가 멀리 날아갔다. 한창 밀리고 있는 곳에 도착한 이는 장삼이었다. 양손과 양발에 두른 것은 무색의 진기. 눈에 보이지는 않으나 대기가 일렁이는 것으로 그곳에 진하디진한 내공이 응축되어 있음을 알 수 있었다.

습격으로 싸움이 시작되고 어느새 반 시진을 넘었다. 두 팔과 다리로 때려잡은 마인이 벌써 수십이다. 장삼은 온 얼굴에 흐르는 땀을 손으로 닦았다.

겨울바람에 차갑게 식어버린 땀과 반대로 속은 열로 들끓었다. 몸은 휴식을 원했지만 그럴 시간이 없었다. 허리에 찬 가죽 부대를 들어 물을 마시려 했지만 어느새 바닥이 나 있다.

"제길."

거친 숨을 억누르면서 욕지거리를 내뱉은 장삼은 천천히 무사들의 후퇴를 지시했다. 하지만 역시라고 해야 할까, 적은 그렇게 하도록 내버려 두지 않을 모양이었다.

"전열을 다시 정비하라!"

장삼은 달려드는 마적 둘을 날려 버리고 크게 외쳤다. 그는 두 손으로 창 두 자루를 각각 감아쥐었다. 마적들은 창을 장삼의 손아귀에서 빼내려 발악했지만 창을 빼내기는커녕 그들의 몸이 허공에 들렸다.

"어, 어……!"

"으억!"

쿵!

허공에서 부딪친 마적들은 그대로 땅바닥에 처박혔다. 장삼은 주인을 잃은 창을 거꾸로 잡고는 아무 곳에나 내던졌다.

경로에 있던 마인 하나는 창을 쳐냈지만 반대쪽 마적들은 그대로 허리가 꿰어 고개를 대지에 떨어뜨렸다.

장삼이 날뛰는 사이 무사들은 정비를 끝냈고, 이를 확인한 장삼은 그제야 뒤로 물러났다.

"내공을 아끼고 최대한 버티고 있게!"

"알겠습니다!"

이미 한 번 당했다.

앞으로 무엇이 더 나타날지 예측할 수 없는 상황에서 내공을 전부 끌어내는 것은 안 될 일이었다. 가능한 한 아끼면서 싸워야 했다.

그렇다고는 하나 이미 한계까지 도달한 자들도 있었다. 그만큼 마인들의 공세는 거셌다.

기마를 타고 돌격해 오는 마적들을 상대할 때도 내공과 체력이 뭉텅 깎여 나갔다.

주변에서 쓰러져 독혈을 뿌려대는 강시를 피할 때도, 사각에서 갑자기 찌르는 암습도, 적아 구분 없이 날뛰는 눈먼 칼날까지 온갖 상황을 넘기는 데 내공은 필수적이다.

고절한 무리도 없는 그들에게 그건 선택이 아니라 필수였다.

이쯤 해서 그들이 쓸 수 있는 내공은 거의 바닥을 드러내고 있었지만 어떻게든 정신력을 긁어내 몸을 움직이고 있었다.

"여기 물입니다."

"고맙네. 후우, 후우, 후우우……."

건네받은 가죽 자루의 물로 목을 축인 장삼은 한참이나 숨을 골랐다. 겨우 고개를 들었을 때는 검게 죽은 얼굴에 약간의 생기가 돌아와 있었다.

다만 휴식은 거기까지였다. 본격적인 운공은 취하지도 못했다.

그럴 여유가 있다면 한 번이라도 더 날뛰어 당장 무너질 것 같은 전선의 압박을 해소하는 것이 중요했다. 한 곳이라도 무너지면 이렇게 숨 돌릴 시간도 없을 테니까.

"진인께서만 돌아오시면 놈들도 끝이다! 조금만 더 힘을 내라!"

장삼은 힘을 주어 말했지만 상황은 그들에게 유리하게 돌아가지 않았다.

놈들도 무양자의 무력을 의식하고 있었다. 그렇기에 저들은 무양자가 자리를 비우는 것을 기다리고 또 유도했던 것이다.

단신으로 정세를 바꿔 버릴 수 있는 절세고수의 존재란 그만큼이나 부담스러운 것이니까.

그런데 그런 함정까지 준비해 놓은 자들이 간단히 무양자를 놔줄까?

장삼은 스스로 생각하면서도 고개를 내저었다. 그나마 무양자의 무위라면 어지간한 함정은 의미가 없을 테니 귀환은 시간문제이겠지만 바로 그 시간이 문제였다.

당장에라도 난전에 돌입하게 되면 간신히 유지하는 균형은 압도적으로 뭉개진다. 시간적 여유는 없었다.

쾅!

폭음이 터졌다.

장삼과 관일문을 포함해 그 자리의 모든 인원의 시선이 소리의 진원지로 향했다.

허공을 날고 있는 용위단원들과 간신히 유지되고 있던 대열에 뚫린 커다란 구멍이 그들의 눈에 박혀 들었다.

그곳을 통해 마인들이 쏟아져 들어왔다. 똑바로 중심을 향해 내달리는 적들을 확인한 장삼과 관일문의 얼굴이 흙빛으로 물들었다.

"막아!"

장삼과 관일문이 다급한 목소리로 외쳤지만 대부분의 무사는 당장 바로 앞에서 달려드는 적들과 칼을 맞대고 있는 중이다.

움직일 수 있는 숫자는 극히 적었다. 한 손으로 셀 수 있을 정도의 숫자만이 겨우 몸을 빼냈지만 그 정도로는 잠시도 지체시킬 수 없었다.

마인들의 발걸음을 막을 수 있는 자는 없었다. 마인들은 무인지경으로 진형을 가르고 중심까지 도착했다.

그들이 보고 있는 것은 단 하나, 단사천뿐이었다.

그를 노리던 강시들을 모두 부수고 겨우 잠깐 숨을 고르던 단사천은 휴식을 허락하지 않는 마인들을 보며 한숨과 함께 앞으로 나섰다.

전신을 긴장시키고 언제든 검을 뽑을 준비를 하고 있었건만 정작 마인들은 그를 앞두고 좌우로 갈라졌다.

아슬아슬하게 그의 영역을 벗어나는 거리를 유지하면서 마인들은 멈추지 않고 내달렸다.

'무슨 짓을 하는 거지?'

그 모습에 어찌해야 하는가를 고민하고 있는데 뒤편에 있던 무설이 갑작스레 외쳤다.

"아앗! 저거 놔두면 안 돼요!"

단사천과 다른 사람들은 영문을 몰라 당황하고 있었지만 그녀는 무언가 깨달은 듯 조금 다른 의미로 당황하고 있었다.

잠깐의 시간을 두고 그녀와 같이 있던 단목혜도 눈치챈 듯했지만 마인들은 그사이에도 계속해서 움직이며 순식간에 단사천을 에워싸고 있었다.

일사불란하게 움직이는 마인들은 용위단원들이 돌아오기도 전에 포위를 끝냈다. 방진(方陣) 안에 생겨난 원진(圓陣)이다.

뒤늦게 무사들이 뒤로 돌았지만 그들에게 이미 자리를 잡은 마인들과 마적들을 뚫어낼 힘은 없었다.

장삼이 온 힘을 다해 투로를 전개해도, 관일문이 용위단원들과 함께 달려들어도 물러나는 것은 그들 쪽이었다. 굳건히 지켜야 하는 상황에서 뚫고 들어가 구출해 내야 하는 상황이 된 것이다.

'움직였어야 했나.'

단사천은 먼저 나서는 대신, 제자리에서 기감이 퍼진 영역에 정신을 집중했다. 작은 움직임도 놓치지 않기 위한 사전 준비였다.

언제든지 검기를 발출할 수 있도록 준비를 마쳤지만 마인들은 공격을 서두르지 않았다.

마인들이 만든 원진 너머에서 병장기 부딪치는 금속음이 강해졌다.

바깥의 소란이 거세지고 있었다. 하지만 그렇다고 누군가 안으로 들어선다는 소리는 아니었다. 단 한 명도 내부로 들어선 자는 없었다.

관일문과 장삼의 무위라면 가능성이 있을지도 모르지만 다들 너무나 지쳐 있었다.

구조는 없다고 생각하고 최대한 버티는 수밖에 없었다. 그와 현백기 단둘이서 사방이 막힌 채로 말이다.

"몸은 좀 어떠냐?"

"안 좋다면 저놈들이 멈추기라도 한답니까. 당장 죽기 싫으면… 골병들 각오로 움직이는 수밖에 더 있습니까."

현백기의 물음에 대헤 작은 목소리로 불평했지만 반응은 다른 곳에서 돌아왔다.

"흘흘, 그래, 싸워야지. 마냥 죽음을 기다리는 것들의 목을 비트는 것은 재미없는 일이니."

만면에 웃음을 띤 인흠로가 앞으로 한 발 나서며 말했다. 마인들 사이에 섞여 있던 인흠로는 슬쩍 그를 살펴보고는 더욱 짙은 웃음을 흘렸다.

"푸흐흐흐, 부디 조금이라도 버텨다오. 검귀 놈이 돌아올 때까지의 여흥으로 삼을 수 있게 말이다. 나는 놈의 앞에서 그 제자의 목을 비틀고 싶거든. 그때가 되어 이미 죽은 머리통을 던져주는 건 풍취가 없지 않느냐. 푸훗, 푸흐훗!"

더 늘어질 수 없을 것 같았던 입이 재차 길게 찢어졌다.

인흠로가 손을 높이 치켜들었다. 그것이 신호였다. 마인들이 땅을 박찼다. 그와 함께 단사천과 현백기도 움직이기 시작했다.

텅! 카앙! 콰직!

선두의 강시를 향해 일검을 날린 단사천의 검은 강시의 가슴팍을 깨뜨렸고, 그 뒤를 따른 현백기의 발톱에 가슴팍의 상처가 뜯겨 나갔다.

흉골이 뜯겨 나가고, 그 안에 강렬한 영기가 휘몰아치자 강시의 움직임이 덜컥 멈췄다.

퍼억!

심장이 터지는 소리가 들리고 예의 검은 독혈이 쏟아지는 순간, 검을 회수한 단사천이 재차 검을 연속적으로 내쳤다.

파앙!

단사천의 정면에 돌연 출현한 검은 벽은 독혈을 튕겨내고는 그 잔상만을 남기고 서서히 옅어졌다.

무거운 일격을 허용한 강시는 그대로 그를 뒤따르던 마인들을 휘말리게 하며 바닥에 나뒹굴었다.

하지만 틈새는 곧바로 메워졌다. 날아든 강시를 피한 마인들이 짓쳐들어왔다.

이번에는 둘. 위와 아래다. 땅을 기듯 다가오고 위로 뛰어 올라 내려치는 검.

굳건하게 땅을 밟고 양손을 휘둘렀다. 두 자루 검과 그의 창이 얽혀 들었다. 부딪치는 일격마다 날카롭게 금속성이 울렸다. 이 대 일의 싸움이었지만 단사천이 마인들을 미세하게나마 밀어붙이고 있었다.

그러나 금속성이 계속해서 늘어나는 것과 비례해 그의 얼굴도 일그러져 갔다.

무광검도는 이렇게 상대와 계속 검격을 나누는 무공이 아니었다. 압도적인 속도를 통해 일격에 제압하는 것을 목적으로 하는 무공. 설령 일격이 아닐지라도 최대한 빠른 시간 내에 적을 무력화하는 것에 모든 기능이 맞춰진 무공이다.

단사천은 이를 악물었다.

쿠웅!

전신을 울리는 충격.

무광검기를 한껏 끌어 올렸다는 것을 실감하게 하는 고통이 느껴졌다.

쿵! 쿠웅!

몸에서 바람이라도 뿜어져 나오는 듯 두껍게 걸친 겨울옷
이 부풀었다. 온몸에 둘러친 거대한 기운. 눈에 보이지 않으
나 눈에 보이는 것처럼 뚜렷하게 느껴지는 기운이다.

"후읍!"

단사천은 숨을 들이켜고 땅을 박찼다.

쫘아아앙!

폭발이 일어났다.

四 . 인흠로

폭발로 인한 연기 대신 터져 나온 것은 엄청난 양의 핏물
이었다.

　한순간 단사천의 모습이 가려질 정도의 핏물. 정면에서 달
려들던 마인의 어깨가 깔끔하게 베여 바닥에 떨어졌다.

　쒸이이잉!

　무시무시한 소리와 함께 검기가 사방을 채웠다.

　핏물로 허공을 물들이려는 듯 쉼 없이 피가 허공에 뿜어졌
다.

　퀴잉! 콰앙! 콰앙! 콰아아앙!

연속적인 폭음. 한 발을 축으로 삼아 몸을 회전하며 검기를 흩뿌렸다.

첫 번째는 머리, 두 번째는 오른쪽 어깨, 세 번째는 가슴이었다. 세 마인을 훑어낸 검기는 거칠게 방어를 부수고 뒤따른 충격에 너덜너덜해져 사방으로 살점과 핏물을 튕겨 보냈다.

압도적인 폭력 앞에 마인들은 제대로 된 저항도 하지 못하고 차례로 바닥에 몸을 눕혔다.

굉장하다는 표현으로도 부족할 광경이었다.

"흡!"

하지만 움직임은 거기서 끝이 아니었다. 호흡을 멈추고 계속해서 검을 내뻗었다.

다음 검격은 어디로 향할까, 하는 고민을 할 필요도 없었다. 시야 한가득 보이는 것이라고는 새까만 흑의로 전신을 가린 마인들과 침인지 무엇인지 알 수 없는 더러운 액체를 질질 흘리고 있는 강시들이 전부였다.

어디를 돌아봐도 적이 있다면 어디로 검을 내뻗어도 충분했다.

쩌정! 뻐억!

검집에서 불꽃을 튀기며 뛰쳐나온 굉뢰가 북방도 두 자루를 한꺼번에 꺾어 부수고 검집을 당겨 제이격을 꽂아 넣었다.

둔탁한 소리. 가슴을 박살 내는 검집이다.

뼈와 살점이 뻘에서 진흙을 퍼내는 것처럼 검집의 궤적을 따라 허공으로 날아갔다. 사람의 육신이 너무도 쉽게 부서졌다.

그나마 강시는 두부처럼 퍼내 던져지거나 하진 않았지만 크게 다를 것은 없었다. 사기그릇이 깨지듯 검격에 수백 조각으로 갈라져 부서지는 모습은 어떻게 보면 더 처참하기까지 했다.

촌각 사이에 두 손으로 세어도 모자랄 숫자의 마인이 쓰러졌다. 하지만 쓰러지고 또 쓰러져도 끊임없이 달려들었다. 공포라는 감정을 거세해 버린 것 같은 마인들의 모습에 질릴 지경이다.

바깥에서는 장삼과 관일문이 분전 중이었지만 여전히 마인들의 포위는 뚫릴 것 같지 않았다.

설상가상으로 내부가 진탕되기 시작하는 것이 느껴졌다. 손끝이 저리고 심장이 더욱 거세게 뛰었다. 귓가에 들리는 소리가 온통 심장 박동으로 가득해질 정도.

'젠장, 몸 상태가 안 좋으니 벌써……'

평소에 비하면 너무나 빠르게 한계가 다가왔다. 하지만 연전으로 소모된 체력을 생각한다면 충분히 오래 버틴 것이기도 했다.

답답한 마음에 거칠게 검을 뻗어 마인 하나를 베어 넘겼다.

급소를 허용하며 절명한 마인. 하지만 그럼에도 여유는 주어지지 않았다.

하나가 쓰러지면 둘이 틈을 비집고 들어왔다. 두 자루의 월도를 눈에 담으며 단사천은 미간의 골을 더욱 깊게 만들었다.

'하나하나 일대일로 싸우면 아무것도 아닌 놈들이지만…이건 숫자가 너무 많잖아!'

챙! 챙!

눈앞에서 짓쳐들어오는 월도를 어렵지 않게 걷어냈지만 지나치는 마인들 사이에서 불쑥 창이 튀어나왔다. 시야의 사각에서 나타난 창에 급히 보법을 밟아 몸을 빼냈지만 약간 늦었는지 창끝에 걸린 옷자락이 길게 찢겼다.

평소라면 아무렇지도 않게 피하면서 반격까지 이어가고도 남을 공격이었다.

그러나 피로와 내상으로 전력을 낼 수 없는 지금은 중상에 이를 수 있는 위험한 일격이었다.

쐐애액! 퍼억!

그래도 가만히 있을 수만은 없는 일.

관절의 가동 한계까지 허리를 틀어 마적들을 향해 일초를 뽑아냈다.

그의 유연함 덕분에 가능한 부드러운 회전에 적은 반응도 하지 못하고 요혈을 내줘야 했다.

하나 거기서 끝이 아니었다.

번들거리는 눈동자를 한 마인은 제 몸을 베어가던 검날을 강하게 틀어쥐었다.

고통을 느끼지 못하는 것인지, 수갑(手甲)이 찢어지고 맨손으로 칼날을 잡아채 피가 넘쳐흐르는 데도 납대대한 얼굴의 마인은 붉게 충혈된 시선으로 단사천을 노려보며 손에 힘을 더할 뿐이었다.

검이 봉쇄당하는 순간을 놓치지 않고 양옆의 마인들이 통일성 없는 병장기를 다시 내질렀다. 이번에는 미첨도와 창이 좌우에서 찔러왔다.

'이놈들!'

검을 놓으면 벗어날 수 있지만 그러면 반격이 불가능해진다.

단사천은 입술을 깨물고 강하게 바닥을 걷어찼다.

내상을 억누르고 있던 기운까지 끌어 올렸다.

강하게 바닥을 걷어차며 만들어낸 반탄력으로 검을 거칠게 뽑아냈다. 흐릿하게 일어난 검기가 검을 붙잡고 있는 마인의 손아귀를 찢어버리고 일순간에 좌우를 가로질렀다.

카앙! 캉!

두 자루 장병과 그의 검이 부딪치는 순간마다 강렬한 금속
성이 울려 퍼졌다.

단사천은 두 자루 병기를 튕겨내고 두 마인의 허벅지를 노
려 검을 휘둘렀다.

사악! 촤악!

길게 그어진 혈선에서 피가 치솟고 허벅지가 베여 균형을
잃은 마인들이 땅을 굴렀다. 고통을 참을 수 있을지는 몰라
도 근육이 상했다. 제대로 운신할 수 있을 리 만무했다.

그 모습을 확인한 단사천은 한계까지 참고 있던 숨을 거칠
게 내뱉었다.

"쿨럭! 컥! 커헉!"

억누르고 있던 것은 숨만이 아니었다.

울혈이 방울져 입가에서 떨어졌고 숨에는 비릿한 피비린내
가 쉬어 나왔다.

피를 흘리는 것을 보고 흥분한 것인지 마인들이 또다시 달
려들었다.

연달아 두 번의 검격으로 곡도를 걷어내고 마인들과 거리
를 벌렸다.

포위된 상태였으니 등 뒤에도 적은 있었지만 현백기가 사

방팔방으로 날뛰며 공간을 만들어내고 있어 한 걸음 물러서
는 정도는 충분했다.

탁기를 가득 머금어 검게 죽은피를 한바탕 토해내고 난 덕
인지, 아니면 한 걸음 물러나 무광검기의 폭주를 잠시 멈춘
덕인지 좁아졌던 시야가 다시 밝아졌다.

무광검기의 제어에 전력을 다할 때는 몰랐는데 이렇게 시
야를 회복하고 보니 방금 전까지 그가 사방으로 내뻗은 검의
결과물이 너무나 처참했다.

흑색과 적색이 뒤섞여 만들어진 진창에 시체가 겹겹이 쌓
여 있었다.

약간의 거리를 유지하고 병장기를 앞세운 마인들의 눈에도
옅은 망설임 같은 것이 떠올라 있었다.

'무슨……!'

인흠로는 눈앞에서 펼쳐지는 폭력의 향연에 눈가가 경련하
는 것을 느꼈다.

그는 사방을 둘러보았다. 싸움이 시작되고 일각도 채 되지
않아서 백을 넘던 수하들이 벌써 삼 할 가까이 초원에 쓰러
져 있었다. 사지가 부러지고 찢겨 강시로도 쓸 수 없는 처참
한 모습이다.

그 시산혈해를 만들어낸 장본인인 단사천도 멀쩡한 모습

은 아니었지만, 그의 장삼을 흠뻑 적신 피는 그의 것이 아니었고, 그의 몸에 새겨진 무수한 상처는 그들이 만든 것이 아니었다.

까드득!

부러지는 것이 아닐까 싶을 정도로 강하게 이를 간 인흠로가 입을 열었다.

"뭐 하는 거냐! 이 밥버러지들아! 저놈을 잡아! 내 손에 죽고 싶은 것이냐!"

내공까지 실은 인흠로의 고함에 겨우 마인들이 움직였다. 하지만 제대로 간격을 좁힌 자들은 전무했다.

퀴이이이잉! 파아앙!

폭음을 동반한 검은 선이 하나 그어지면 그 선에 닿은 흑혈강시(黑血僵尸)들이 도검불침의 육신도 무색하게 허수아비처럼 베여 쓰러졌다.

난폭하게 달려들던 강시들은 그들의 손톱과 이빨이 효과를 미치는 범위까지 접근하지도 못하고 부서져 땅바닥에 나뒹굴었다.

놈들은 단사천으로부터 다섯 걸음만큼도 가까워지지 못했다. 그 다섯 걸음을 경계로 뒤쪽으로는 강시의 독혈도 닿지 못하고 있었다.

보고 있노라면 단사천의 모습은 매섭고 날카롭되 검이 아니라 방패나 다름없었다.

교의 주력이라 할 수 있는 흑혈강시들이 그럴진대 강시의 보조를 위해 끌고 온 무사들 따위가 그 간극을 좁힌다는 건 어불성설이었다. 그들은 강시의 잔해가 만들어내는 강렬한 독기에 가까이 다가가는 것조차도 버거운 상황이었다.

정작 그 독기의 중심에 서 있는 단사천에게는 전혀 영향을 끼치지 못하고 있는 점에 더욱 이가 갈렸다.

'진혈강시에 신실한 신도들까지 버릴 각오를 하고 검귀를 바깥으로 유인해 냈건만 이 전력으로 그놈도 아니고 제자 놈 하나를 감당 못 한다고?'

그 무엇보다 분노가 치미는 것은 천하 오대검수로 이름 높은 점창파의 검귀 무양자도 아니고 그 제자에게 교의 힘이 형편없이 깨지고 있다는 점이었다.

차라리 무양자였다면 이해하고 납득할 수 있었다. 수십 년 전 나라가 바뀌던 혼란한 세상, 그들의 교세가 하늘을 찌르던 당시를 기억하는 자들에게 검귀의 악명은 뼈에 사무칠 정도이니까.

그런데 제자라니. 그것도 무공을 익힌 지 겨우 십 년을 채운 애송이라니. 이따위 것에게 발목을 잡혔다는 상황이 그의 분노를 자극했다.

손에 점차 힘이 들어가고 핏기가 사라져 새하얗게 변할 정도였지만 통증을 느끼지도 못할 정도로 인흠로의 뇌리는 짜증과 분노로 가득했다.

"죽여! 죽여! 죽여! 상처를 내지 못하겠다면 죽어서라도 붙들란 말이다!"

고함을 내지른 인흠로는 사방을 둘러보고는 얼굴을 더욱 찌푸렸다.

방금까지만 해도 반쯤 공황 상태에 빠져 있던 불신자들이 어느새 다시 사기를 회복하고 있었다.

변화의 원인은 찾을 필요도 없었다. 눈앞에 있는 이 대적자다.

그동안 무양자를 상대하느라 전면에 내세운 흑혈강시 대부분이 박살 나며 예비로 남겨둔 것들까지 모두 끌어왔건만 그것들도 이제 끝을 보이고 있었다.

카아앙! 파각!

"크륵… 크르륵."

쿠웅!

그 소리에 인흠로의 생각이 다시 원래대로 돌아왔다. 강시 한 구를 더 박살 내며 기어이 그의 앞에 늘어서 있던 모든 부하를 쓰러뜨린 단사천의 날카로운 검기가 그를 자극하고 있었다.

귀독, 흑검, 광마 등 대계의 후보자들에게서는 물론이고 회의 정보 단체에서도 단사천에 대한 이야기는 많이 들었다.

천문단가의 독자, 점창검귀의 유일한 제자이며 회의 대업을 몇 번이나 방해한 결정적인 원인을 제공한 불신자.

겨우 스무 살짜리에게 무슨 창피냐, 하며 비웃었지만 이렇게 직접 흉포한 검기와 빛을 빨아들이듯 새까만 눈동자를 마주하고 있으니 주눅이 든 자신을 발견할 수 있었다.

'하늘 높은 줄 모르는 불신자 놈이 감히……'

머리에 피도 마르지 않은 어린놈에게 주눅이 들었다는 것. 이는 그의 자존심을 짓밟는 일이었고 결코 인정할 수 없는 일이었다.

인흠로는 위험한 소리가 들릴 정도로 이를 악무는 데 힘을 더했다.

뿌득! 뿌드득!

입안에서 들리는 불길한 소리와 경련하는 안면 근육이 그의 심정을 대변했다.

인흠로는 단사천의 시선과 눈을 맞추며 내공을 끌어 올렸다.

손끝에서 피어난 자색빛이 전신에 흐르고 기도가 일변했다. 한층 더 흉험해진 기세. 단숨에 변한 기세만으로도 범상치 않은 무공임을 짐작케 했다.

자색의 진기는 점차 짙어져 핏빛이 되었고 신체에까지 영향을 미쳤다. 흰자위가 피로 덧칠한 것처럼 붉게 물들고 피부가 달아올랐다.

검붉은 혈무가 전신을 뒤덮을 즈음이 되자 그의 몸에서 북방의 한기로도 식히지 못할 열기가 일었다.

이글거리는 아지랑이가 보일 지경의 열기.

혈신성광(血神聖光).

다만 그 본래의 이름보다도 혈마광기(血魔光氣)라는 이름으로 더욱 많이 불리는, 지난 수백 년간 무수한 무인을 참살해 온 혈교의 마공이다.

"좋다. 대적이라는 평가가 헛된 것이 아니었음은 인정하마. 그래도 변하는 것은 없다. 검귀가 돌아오기 전에… 내가 직접 네놈의 목을 비틀어 뽑아주마!"

흘러넘치는 진기에 장포가 펄럭였다. 그를 중심으로 바람이 부는 것처럼 느껴질 정도의 짙은 기세가 뿜어졌다.

갑자기 몇 배나 부풀어 오른 인홈로의 기적을 느끼며 단사천은 인상을 찌푸렸다.

벌레를, 아니, 그의 경우에는 이가 녹을 정도로 달아 도저히 삼킬 엄두가 나지 않는 당과를 한입 크게 베어 문 얼굴이다.

혈교의 장로라고 했으니 어지간한 수준은 아닐 거라고는

생각했지만, 그대로 방심하다가 제 실력을 내보이기 전에 한 칼 먹일 수 있지 않을까 하는 기대가 사라진 것이 실망스러운 건 어쩔 수 없었다.

'하아, 그래, 그렇겠지. 마교의 장로라면 한 수 정도는 있겠지. 그래도 말이야, 한 번이라도 좀 쉽게 가면 안 되는 거냐.'

단사천은 속으로 투덜거리며 호흡을 가다듬고 자세를 바로 잡았다. 불평을 하든 한숨을 쉬든 검을 들어야 하는 상황이라는 건 변하지 않았다.

이 지긋지긋한 싸움을 끝내기 위해서라도 어쩔 수 없는 일이었다.

병문졸속(兵門拙速)이라 하지 않던가. 싸움은 졸렬하든 어떻든 간에 빠르게 끝내는 것이 제일이었다. 길게 늘어지면 어떤 변수가 생기게 될지 알 수 없었다.

할 수 있을 때 끝내야 했다.

'사부님만 있었어도 내가 할 일은 아니지만⋯⋯.'

다만 기어코 한숨이 새어 나오는 것까지 막을 수는 없었다.

*   *   *

퍼억!

'쫏!'

검의 기세가 상쇄되어 혈무의 중간에 멈췄다.

단순히 겉멋으로 뿌리는 것은 아닐 거라 생각하고 있었지만 손끝을 타고 오르는 기묘한 느낌에 단사천은 눈을 찌푸렸다.

강시들은 바위를 내려치는 것 같았는데 인흠로가 일으킨 혈무는 진흙이나 물속을 검으로 헤집는 것 같았다. 혈무의 방어는 강시의 그것과는 다른 의미로 껄끄러웠다.

더군다나 슬슬 한계가 다가오고 있었다. 단순히 통증이 문제가 아니었다.

내공이 끊기고 있었다. 현백기가 불어넣어 준 영기가 힘을 다하자 내상이 기세를 더했다. 너덜너덜해진 혈맥에 탁기가 들어차고 있었다.

터엉!

단사천이 잠시 주춤하자 전신에 붉은 혈기를 둘러친 인흠로가 흉포한 기세로 단사천에게 뛰어들었다.

재빠른 몸놀림으로 피해 물러나는 단사천. 그를 따라다니는 인흠로의 움직임은 굉장히 거칠었다. 미쳐 날뛰는 황소처럼 그저 돌격, 또 돌격하는 것뿐이었으나 포탄 같은 위력만큼은 위협적이었다.

꽈앙! 쾅!

급격하게 방향을 전환하기 위해 지면을 걷어찰 때마다 화탄이라도 터지는 것처럼 커다란 구덩이가 생겨났다.

신체에 극심한 부담이 갈 만한 행동을 연거푸 하면서도 그의 기세는 좀처럼 수그러들지 않았다.

인흠로의 기세를 꺾기 위해 단사천은 연달아 검을 내쳤다. 내상에 탁기가 무광검기의 질주를 막아 세워 한풀 기세가 꺾였지만 어지간한 쾌검은 여전히 엄두도 낼 수 없을 정도의 검속으로 인흠로의 전신을 두드렸다.

쐐애애액! 펑! 퍼펑!

혈마광기가 선사하는 막대한 방호력은 강시들의 그것을 아득히 상회했다. 그렇다고 해도 무광검도의 거센 참격을 아무런 피해 없이 정면으로 받아넘길 정도의 수준은 아니었다.

핏물이 튀고 살점이 깎여 나갔다. 그러나 피가 흐르는 상처에도 인흠로는 멈출 줄을 몰랐다.

"카아아앗!"

두 팔을 십자로 교차한 채 급소만 보호한 인흠로가 우직하게 전진했다.

그의 몸에 부딪친 무광검기의 파편이 하늘로, 바닥으로 튕겨 날아갔다. 검기가 스친 나무가 부러지고 바닥에 적중해 흙먼지가 피어올랐다.

자욱한 흙먼지가 시야를 차단했지만 기척까지 지울 수는 없었다.

단사천은 곧장 인흠로가 내뿜은 살기의 흔적을 쫓아 빠르게 검을 내쳤다.

쉬이이익! 퍼어억!

추측이 맞았는지 손끝에 무언가 걸리는 느낌이 들었다. 하지만 단사천의 얼굴은 한층 더 굳어졌다.

검에 걸렸다는 느낌은 있었지만 확실한 공격으로 이어지는 느낌이 없었다.

제대로 된 충격을 주지 못했다는 것은 곧 반격이 올 것이라는 것을 의미했다.

'온다!'

각오와 동시에 흙먼지 속에서 인영이 폭발하듯 튀어나왔다.

고리눈을 빛내며 악귀와 같은 표정을 지은 인흠로의 오른손이 싸움을 시작한 이래 처음으로 크게 펼쳐졌다.

먹잇감의 목을 물어뜯는 맹수처럼 거칠게 내뻗는 오른손이 단사천의 목덜미를 노려왔다.

흉험한 일격. 급소를 노려 내뻗는 야수의 본능이 서린 움직임이다.

단사천의 몸이 훅 꺼지듯 옆으로 움직였다.

헛손질을 한 인흠로가 그대로 몸을 회전시키며 발을 채찍처럼 휘둘렀다. 일반적인 상궤를 벗어나는 변칙적인 움직임.

더 물러나는 것도 여의치 않은 거리에서 즉각적으로 내친 각법. 대응하는 것은 역시나 무광검도의 검기였다.

위에서 아래로 내려찍듯 휘는 다리를 무광검기가 한껏 실린 광뢰로 맞이했다.

콰앙!

전신을 뒤흔드는 폭음이 터져 나왔다. 보신결의 진기로도 채 해소하지 못한 경력에 손목이 찌릿찌릿 울리고 있었다.

"크하압!"

인흠로가 땅을 박차고 날아들었다. 오직 직선, 정직한 궤도였지만 속도와 기세가 흉악하기 그지없었다. 몇 번이나 검격을 내쳤지만 얻은 성과는 기세를 약간 누그러뜨리는 수준에 불과했다.

후웅!

횡으로 이어지는 권격이 헛손질로 끝나자 아래에서 위로 이어지는 연환으로 옮겨간다. 단사천의 신형이 연신 뒤쪽으로 밀려났다.

'화산에서의 상황이랑 비슷하지만… 이쪽이 더 질이 나빠!'

성질은 다르지만 도검불침이라는 결과물은 같았고, 괴력과 반사 신경, 난폭하고 직선적인 움직임, 흉험한 기세, 막대한 살의. 인간과 범이라는 차이를 제외하면 딱 파군이 떠오르는 단어의 나열이다.

하지만 지금은 그보다도 더 답답했다.

비록 빠르고 강하기는 했어도 마기에 침범당해 이성이 아닌 본능에 따라 정직하게 움직이던 파군과 달리, 마구잡이인 것 같으면서도 어딘가 냉철한 이성을 숨기고 있는 인흠로였다.

자세가 커지면 득달같이 달려들고 일부러 틈을 내보여 거리를 좁히려 했다. 어느 정도의 상처는 무시하고 여차하면 동귀어진까지도 감수하려는 모습.

신체의 굴강함이나 속도, 근력 모두 파군에 비하면 몇 수나 아래였지만 인흠로는 인간의 나쁜 점을 모두 활용하고 있다는 것에서 파군보다도 질이 나쁜 상대였다.

딘사친은 쏟아지는 권력을 일일이 검으로 비껴내며 기회를 기다렸다.

겨우 잡은 기회에 반격을 시도했지만 만족스러운 성과는 없었다.

쐐애액! 촤악!

방어가 이뤄지기 전, 실낱같은 틈새를 비집고 급소 바로 위에 검격이 들어갔지만 얕았다.

혈무를 뚫고 칼날이 내부를 베어냈지만 얻어낸 성과는 피류이 찢기는 정도로 근육에도 닿지 못해 피만 몇 방울 튈 상처뿐이었다.

온전하게 자세를 잡고 힘을 실을 수 있다면, 아니, 무광검기만이라도 충분히 끌어 올릴 수 있으면 속전속결로 끝낼 수 있을 테지만 그 잠깐의 시간을 벌 수가 없었다.

"카아아앗!"

터엉! 캉! 카앙!

잠시 멈춰 자세를 잡으려 할 때마다 포탄 같은 주먹이 날아들고, 호흡을 가다듬으려 할 때마다 다리가 채찍같이 휘둘러졌다.

무언가 알고서 하는 것인지, 아니면 단순히 틈을 노린 것인지 알 수는 없었지만 어쨌거나 그 일말의 틈을 내주지 않는다는 점은 변하지 않았다.

'무광검기는 일단 포기, 지금은 못 써.'

탁기로 틀어 막힌 혈도를 내달리느라 기세가 꺾인 무광검기는 큰 저항 없이 사그라졌다. 그 자리를 대신해 채우는 것은 영기의 파편과 보신결의 진기.

속도는 느려졌지만 안정감이 생겼다. 격한 움직임 도중임에도 오히려 내상이 치유되는 모습. 한결 움직임이 부드러워졌다.

'일단 이렇게 시간을 벌고 틈을 만들지 않으면 무광검기는 못 쓰겠는데.'

틈을 만들고 충분한 시간을 만들 수 있다면 모를까, 성치도 않은 몸으로 어설프게 무광검기를 끌어 쓰다가는 내상만 악화될 가능성이 높았다.

그래도 다행인 것은 무광검기가 없어도 속도에서 압도하는 것은 변하지 않는다는 점이었다.

압도적인 힘과 속도로 방어를 깨부술 수 있는 불합리한 위력은 없지만 무광검도는 기공과 보법의 보조 없이 그 자체만으로도 천하 최속이라는 이름이 부끄럽지 않은 검공이었다.

당장 눈에 보이는 허점만도 일곱 개나 된다. 모두 공략할 수 있다고 묻는다면 또 다른 문제지만 단사천의 눈은 일곱 곳의 급소를 한순간에 훑었다.

남은 내공 중 사용 가능한 것을 확인하고 거리와 속도를 계산했다. 계산이 끝나는 데 걸리는 시간은 찰나였다.

달려오는 인흡로를 향해 마주 왼발을 내디뎌 거리를 좁히는 것과 함께 허리를 틀어 검의 궤적이 직선을 이루게 했다.

쐐애애액!

그의 검이 노리는 곳은 목덜미로 대동맥이 지나는 위치였다. 다른 급소처럼 근육이나 뼈로 보호받고 있는 것도 아니지만 즉사에 이를 정도로 치명적인 급소.

양손을 내뻗고 내달리는 통에 제대로 틈이 보이지는 않지만, 단사천의 무광검도라면 충분히 공략하고도 남을 틈새였다.

터억.

하지만 그것은 인흠로의 유도였다. 다른 요혈들은 적당한 방비를 갖춰두고 오로지 목덜미만을 어설프게 가려 틈을 내보이는 것, 공격을 끌어들이기 위한 함정이었다.

힘이 빠지는 소리와 함께 막힌 검은 인흠로가 다음 걸음을 내딛기도 전에 회수되어 다음 참격을 잇고 있었다.

쐐애액!

납검과 발검을 반복한 일검은 순식간에 거리를 압축해 내달리고 목적지에 닿아 검력을 풀어냈지만 이번에도 그 목적은 이루어지지 않았다.

퍼억! 퍽!

답답할 정도로 무거운 타격음. 검이 아니라 몽둥이라도 휘두르는 것 같은 소리였다. 짙은 혈기가 검기를 빗겨 미끄러뜨린다.

그의 반사 속도로 무광검도의 발검에 대응하는 것은 불가능했지만 그래도 방비가 전혀 불가능한 것은 아니었다.

"벌써 지쳤느냐?"

무광검도의 무수한 참격을 별다른 피해 없이 가볍게 빗겨 낸 인흠로가 단사천을 내려다보며 명백한 비웃음을 담고 입꼬리를 말아 올렸다.

쒜애애액! 퍼억! 퍼퍽!

겉으로는 비웃음을 흘리며 연신 공세를 이어가는 인흠로였으나 그의 속내는 겉으로 보이는 것만큼 그리 여유롭지만은 않았다.

퍼어엉!

재차 목덜미를 노려오는 검의 궤도에 간신히 팔을 끼워 넣어 막아냈다. 검과 팔뚝이 부딪히고 혈기와 검기가 허공을 수놓았다.

아무리 집중하고 안력을 돋워도 불가시(不可視)의 영역에서 짓쳐드는 쾌검은 위협적이었다. 어둑어둑해진 하늘에 섞이듯 불길한 흑색을 휘감은 검격은 숫제 사각을 파고드는 암기나 다름없었다.

지금이야 팽팽한 혈마광기와 극한까지 짜 올린 집중에 의지한 방어초로 어떻게든 막아내고 있지만 집중력이나 내공 둘 중 하나만 모자라도 균형을 잃고 큰 상처를 입게 될 터였다.

'하지만 어차피 한계는 놈에게 더 빨리 찾아온다.'

한 단계 속도를 늦춘 것이 단사천이 지쳤다는 증거가 될 수 없음은 그도 알고 있다. 지금 이 변화는 지친 것이 아니라 틈을 노리려는 속셈이라는 것을 인흠로는 너무도 잘 이해하고 있었다.

하지만 지금까지의 상황은 별개다.

몇 주야에 걸쳐 수면과 식사를 방해하고 약간의 휴식조차 용납하지 않았다. 쉴 수 있다고 해도 하루 몇 시진도 안 될 짧은 틈.

내공으로 어떻게든 버틴다고 해도 이림도 되지 않은 후기지수에 불과했다. 쌓은 것도 대단치 않은 수준일 터.

시간은 그의 편이었다.

그렇기에 여유를 주지 않는 선에서 공방의 속도를 조절하는 한편, 주도적인 공세를 놓지 않았다. 호흡을 되돌리려 할 때마다 혹은 자세를 바로잡으려 할 때마다 달려들어 깨부쉈다.

쿠웅!

전력을 다한 육탄 돌격이다. 약간의 손해는 감수하고 무식하게 들이받는 돌격.

단사천이 방금까지 서 있던 바위가 가볍게 깨져 조각을 사방에 흩뿌렸다. 피어오른 먼지를 뚫고 다시 한 번 육탄 돌격을 이어갔다.

휘이잉!

맹렬한 파공성. 가히 포탄이나 다름없는 위력. 전신에 둘러친 혈마광기의 기류조차도 인간의 육신 정도는 가볍게 짓이겨 버릴 힘을 품고 있었다.

그렇다 해도 상황은 일방적으로 흘러가지 않았다.

퍼어억!

단사천은 혈마광기의 기류까지 고려해 충분히 뒤로 빠졌다.

올려 치는 손에 힘이 담기고, 급소를 보호하던 인흠로의 팔이 걸려들었다. 경력과 경력이 맞부딪히며 터진 충격파가 심상치 않았다.

'아직도 기력이 남았나? 대체 저 나이에 어떻게 이런 내공을⋯⋯.'

매서운 일격이었다. 급소를 보호하기 위해 겹겹이 두른 혈마광기의 호신지기가 벗겨져 맨살이 드러날 정도로 강맹한 일격이었다.

혀를 차며 거리를 벌리려던 인흠로였지만 추격타가 곧장 날아들었다. 상정 이상의 속도였고, 상정 이상의 파괴력이었다.

쇄액!

또 같은 곳을 베어드는 검격에 혈마광기의 벽이 붕괴되었다.

명백한 틈. 튕겨 나간 손을 억지로 끌어당겨 보지만 속도를 따라잡을 수는 없었다.

쉬이익! 슈각!

"크윽!"

목덜미에 얇은 혈선이 생겨났다.

전신 곳곳, 특히나 급소에는 두껍게 둘러친 호신지기가 있었기에 큰 상처는 나지 않았지만 혈무의 방벽을 뚫고 생긴 상처와 충격은 방심을 지우고 낭패감이 가득한 침음을 삼키게 하기에 충분했다.

'젠장, 혈무(血霧)가 벌써…….'

분명 혈마광기는 천하에 비할 무공이 몇 없는 강력한 무공이다. 일정한 성취를 이루면 수련자에게 괴력과 도검을 배제하는 강력한 호신기를 선사하고 일수의 교환으로 상대의 혈맥을 진탕시키는 강렬한 침투경까지도 손에 넣을 수 있었다.

지난 세월 무수한 무림인을 참살해 온 위력은 천하에서도 수위에 꼽힐 수준.

그럼에도 온갖 악명으로 점철된 마공으로 취급받으며 혈교 내에서도 수련이 지극히 제한되는 이유는 그 부작용이 만만치 않았기 때문이었다.

'아니, 아직은 여유가 있다. 어차피 파국을 맞이하는 건 놈이 먼저일 터. 아직은 괜찮아, 아직은.'

인흠로의 전신을 뒤덮은 붉은 혈기를 '혈무'라 부르는 이유는 더할 나위 없이 직관적인 것이었다. 별다른 뜻이나 비유가 아니라 말 그대로 피로 만들어진 안개이기에 혈무라 부르는 것이었다.

사용자의 진원지기와 함께 피를 연료로 삼아 불태워 막대한 힘을 얻는 마공이 혈마광기의 본모습이었다.

지금이야 혈마광기가 선사하는 막대한 힘이 전신을 가득 채우고 있지만 오랜 경험상 길게 끌다가는 이기고도 이겼다고 할 수 없는 상황에 처할 수도 있는 무공이라는 것을 그는 충분히 이해하고 있었다.

쫘앙!

폭음을 남긴 인흠로의 신형이 일순 여러 사람이 된 듯한 잔영을 남기며 뻗어 나갔다. 무시무시한 속도였다. 단사천이 연신 뒤로 물러나며 검을 내쳐왔다.

픽! 픽! 퍼픽!

연속적인 타격과 함께 팔에 둘러쳐진 혈무가 한층 더 엷어졌다.

일격 일격은 그리 무겁지 않지만 인체의 급소만을 집중적으로 노려대는 살기 짙은 검격에 신경을 쓰지 않을 수가 없었다.

쉬익!

참격을 받아내고 거리를 좁혀도 아직 손도 닿지 않을 거리에서부터 발을 놀려 거리를 벌리고 있으니 답답할 지경이었다.

도검과 권장이라는 차이가 만드는 거리를 놈은 너무도 잘 이용하고 있었다. 완벽하게 안전거리를 유지하고 열을 내지 않았다.

이쪽에서 틈을 내보여도 안전이 확보되지 않으면 쳐들어오지 않았다.

제 나이답지 않은 모습. 약관의 청년이라기보다 수십 년을 전장에서 구른 노강호 같은 안정 지향에 인흠로는 이빨을 악물고 다시 앞으로 몸을 날렸다.

퍼억! 퍽! 촤아악!

물러나는 단사천을 쫓는 동안에도 연속적으로 충돌 음이 터져 나왔다.

한 걸음 사이에 대체 몇 번이나 참격을 허용한 것인지, 전신 급소에 두껍게 둘러놓은 혈무는 그새 눈에 보일 정도로 옅어져 있었다.

지금의 일방적인 압박은 어디까지나 혈마광기가 선사하는

방어력에 기반을 둔 것. 혈무가 옅어지고 방어력이 급감하면 저 압도적인 속도의 검법에 대응할 수단이 그에게는 없었다.

'큭, 이대로 소모전으로 들어가면 나도 위험해진다. 제기랄! 이러면 어쩔 수 없지. 최대한 빠르게 끝을 내는 수밖에.'

인흠로는 잠시 압박을 멈추고 뒤로 훌쩍 뛰어 물러났다. 추격을 경계해 긴장을 풀지 않았지만 단사천은 제자리에 멈춰 서서 그저 그를 노려보고 있었다.

호흡을 가다듬고 자세를 바로 하는 모습. 여유가 없음을 보여주는 것 같아 인흠로는 속으로 쾌재를 불렀다.

인흠로의 발이 멈춘 곳은 약 삼 장 거리의 바위 위. 그가 파악한 대로라면 단사천의 영역 끄트머리에 걸치는 거리였다.

'검법에 비해 보법은 엉망이군. 공수의 조절이 어설퍼. 이정도 거리라면 놈의 다리가 움직이는 것만 주의해도 피할 수 있겠지.'

속으로 거리와 위험도의 계산을 끝낸 인흠로는 다시 혈무를 끌어 올리기 전, 잠시 몸 상태를 확인하고선 미간을 팍 찌푸렸다.

전신을 뒤덮은 무수한 상처들. 깊은 상처는 없었지만 아무리 그래도 상처가 너무 많았다.

조금씩 흘러 떨어지는 핏물만 해도 상당한 수준이다. 가랑비에 옷 젖는 줄 모른다고, 어느새 그가 입고 있는 옷은 마치 땀에 젖은 듯 피로 흠뻑 젖어 있었다.

혈마광기를 유지하기에도 부족한 피를 이렇게 흘려서는 안 되었다.

까드득!

거칠게 이를 갈며 더욱 혈기를 끌어 올렸다. 그야말로 한계 직전까지 스스로의 피와 진원지기를 불태우자 싸움을 시작할 때보다 짙은 혈무가 전신을 휘감았다.

강한 현기증이 일었지만 현기증이 사라지고 난 후 전신에 느껴지는 충족감과 전능감에 인흠로는 미소 지었다.

정신을 아득하게 만들 정도의 도취. 술이나 마약으로 이룰 수 있는 감각과는 또 다른 형태의 쾌감이었다.

감각에 전신을 맡기는 것도 잠시, 그는 정신을 차리고 도취감을 털어냈다. 그리고 언덕 밑의 상태를 확인했다.

복잡하게 얽힌 난장. 마적과 하급 무사들이 불신자들과 뒤섞여 날뛰고 있었는데 약간이나마 우세를 점하고 있는 것 같아 마음이 놓였다.

이제 이 힘으로 저 어리석은 불신자를 참회시키기만 하면 모든 것이 끝날 거라고 생각했다.

하지만 그래서는 안 됐다.

수백이 넘는 인원의 지휘자라는 입장에서 전체적인 전황을 살피는 것은 잘못이 아니다. 하나 지금 그 행위는 명백한 잘못이었다.

이 자리에서 가장 중요한 것. 한시도 눈을 떼서는 안 되는 존재가 그의 눈앞에 있는 단사천이라는 것을 잊어서는 안 됐다.

"뭣……!"

기파가 갑작스레 상승하기 시작했다. 그것을 느낀 인흠로가 흠칫 단사천 쪽을 돌아보았다.

한계까지 끌어 올린 혈마광기의 방벽을 둘러쳤음에도 살이 떨릴 정도로 날카로운 예기에 인흠로의 두 눈이 크게 뜨였다.

단사천의 모습에 외형적인 변화는 없었지만 그의 기감을 잘게 울리는 기세는 도문의 제자에 어울리지 않는 흉험함을 품고 있었다.

본능적으로 저것이 위험함을 깨달았다. 한 발 늦게 이성이 위험을 알려왔다. 이상을 느꼈다면, 위험을 깨달았다면 당장 움직여야 했다.

거리를 벌리기 위해 뒤로 도망치든지, 아니면 앞으로 나아가 무언가 일이 벌어지기 전에 막든지.

하지만 인흠로는 단사천의 기세에 짓눌렸다.

도주도, 대항도 선택하지 못하고 그저 멍하니 생각할 뿐이 었다.

'이게 그……'

인흠로는 한순간에 뒤바뀐 단사천의 기도를 느끼며 이번 추살령의 발안자인 광마에게 들은 것을 떠올렸다.

순간 떠올린 것은 두 가지. 광마의 불사괴룡공조차 버틸 수 없던 흉악한 검공과 위험한 기공의 존재, 그리고 그가 한 잘못이다.

정체를 알 수 없는 기공을 사용할 수 없게 한순간의 틈도 내줘서는 안 된다던 광마의 말을 아주 잠깐 잊어버린 대가는 곧 그의 몸에 새겨졌다.

퀴이이이잉! 콰아앙!

귀청을 찢을 듯 맹렬한 폭음을 동반한 참격이 허공을 물어 뜯었다.

밤하늘보다 짙은 묵색의 검기가 얼굴 옆을 스치고 지나가 자 공기가 포탄이라도 된 것처럼 전신을 후려쳐 그의 몸을 뒤로 밀어냈다.

내력이 담긴 검풍이나 검기 같은 고절한 무리가 담긴 것이 아니라 단순한 후폭풍이었다. 참격이라고 말하기도 민망할 정도의 파괴력이었다.

하지만 인흠로는 그 파괴적인 현상에 그저 감탄하고 있지 못했다. 그 파괴는 그를 향해 뻗어 있었고, 곧 뇌리를 불태우는 것 같은 화끈한 격통이 오른쪽 어깻죽지를 타고 올라왔기 때문이다.

통증의 근원으로 고개를 돌려 시선을 향하자 그곳에는 있어야 할 팔 대신 새빨간 피로 이루어진 작은 폭포가 자리했다. 사지의 절단은 단순한 통증 이상의 충격을 선사했다.

"크하아악!"

잠깐의 방심이 초래한 결과에 그는 짐승 같은 비명을 내질렀다.

이 일격에 끝낼 생각이었지만 예상보다 혈무의 방어가 굳건했다. 목을 노린 검격이 옆으로 흘러 결국 팔 하나를 잘라내는 것으로 만족해야 했다.

단사천은 인흠로를 잠시 노려보다가 아직도 정면에서 약간 사선으로 뻗어 있는 검을 천천히 되돌렸다.

휘우우웅.

초원을 뒤흔드는 참격의 후폭풍 속에서 단사천은 느릿하게 납검 동작을 마무리했다. 결코 서두르지 않으며 행동 그 자체에 집중했다.

경건한 예식의 한중간이라도 되는 것 같은 엄숙함과 미려함이 담긴 동작.

만일 구경꾼이 있었다면 감탄할 정도로 절도 있는 동작이었으나 정작 당사자는 그런 생각을 할 여유가 없었다.

그것이 그의 최선이었다.

간신히 붙잡은 기회이다.

장기전으로 끌고 갈 수도 없으니 온전히 거머쥔 우세를 계속해서 공세로 이어가야 했다. 하지만 연이어 검초를 이어갈 여유가 없었다.

'더럽게 아프네.'

인흠로의 시선이 언덕 아래로 향하며 생긴 틈새. 고개가 돌아가고 다시 되돌아오는 그 짧은 순간을 놓치지 않기 위해 다급하게 무광검기를 끌어 올린 탓에 보신결의 진기로 미리 혈맥을 보호할 여유가 없었다.

하물며 방어까지 깨부수기 위해 제한도 두지 않고 무광검기를 끌어 올려 혈도로 밀어 넣었다.

그 결과, 무광검기가 할퀴고 지나간 혈도는 끔찍한 비명을 지르고 있었다.

혈도만이 아니라 근육과 관절도 한계 이상의 행동을 한 결과를 치렀다.

통증을 참고 검을 되돌려 자세를 다시 잡는 것으로 여유는 모두 써버렸다.

"후우우."

고개를 숙인 단사천에게서 흘러나온 한껏 억눌린 숨에서 탁기가 섞여 나와 흩어지고 있었다.

목구멍에서부터 치고 올라오는 피비린내가 한층 진해져 입 안에 맴돌았다.

깊게 숨을 내쉬며 약식으로나마 혈맥에 들끓는 기운을 가라앉힌 단사천은 다시금 자세를 잡았다. 아직도 느껴지는 통증은 어쩔 수 없었다.

진통제가 몇 알 품속에 있지만 그걸 눈앞의 적이 허락해 줄 것 같지 않았다.

상대는 한차례 비명을 내지르더니 더욱 짙어진 혈기를 전신에 두르고 살기와 적의를 아낌없이 뿜어내고 있었다.

비유하자면 상처 입은 맹수.

더욱이 혈신이니 뭐니 하는 근본도 알 수 없는 사교에 미친 광신도다.

미친놈들은 무슨 짓을 저지를지 모르는 법. 경계하고 또 경계해도 모자랐다.

"크와아아아아악!"

그의 기대 아닌 기대가 무색하지 않게 인흉로는 오른팔이 뜯겨 나간 상처를 거세게 움켜쥐더니 고통과 분노로 가득한 괴성을 내질렀다.

눈에서 읽을 수 있는 감정은 여럿이었다. 분노, 절망, 고통.

그러나 그중 가장 큰 것은 믿을 수 없다는 황망함이었다.

폭발하듯 부풀어 오르는 인흠로의 살기에 자연스레 검 자루를 쥔 손에 힘이 들어갔다. 그는 검 자루의 가죽이 손에 감겨드는 것을 느끼며 인흠로를 주시했다.

지금 인흠로가 서 있는 위치는 단사천의 영역에서 겨우 반 족장이 모자란 곳.

채 한 자도 되지 않는 미묘한 차이였지만 그의 검이 닿지 않는 거리에 있었다.

인흠로가 한 걸음 앞으로 다가오는 순간, 곧장 검을 뽑아 들기 위해 전신을 긴장시켰다.

혈맥에 가득 들어찬 진기는 의지가 움직이는 즉시 뻗어 나갈 준비를 했다.

하지만 인흠로는 살의가 가득 담긴 눈빛으로 그를 쏘아보더니, 그대로 단사천과는 반대 방향인 언덕 아래로 몸을 날렸다.

'도망?'

오른팔이 잘리고 주력이라 할 수 있는 강시는 궤멸, 남은 것은 마적들과 고수라고 부르기 힘든 무사들뿐이다. 이런 상황에서 도주는 어찌 보면 타당한 선택이었다.

도주를 수치로 아는 무림인들은 몰라도 단사천은 그 선택에 동의할 수 있었다. 개똥밭에 굴러도 이승이 낫다는 옛말도 있지 않는가.

언덕 아래에 도착한 인흠로는 당황하는 마적 하나를 걷어차 말에서 떨어뜨린 뒤 말을 빼앗아 그대로 내달렸다.

일련의 행동이 행해지는 동안에도 그의 시선은 단사천을 향하고 있었다.

살의가 가득 담긴 눈동자는 혈기가 가라앉았음에도 붉게 물들어 있었다.

철컥.

단사천은 추격이나 아래의 싸움에 합류하는 대신 동쪽으로 말을 몰아 사라지는 인흠로를 눈으로 좇았다.

'다행이라고 해야 할까.'

얼마 지나지 않아 인흠로의 모습은 작은 점이 되었다.

혹시 암기라도 던질까 싶어 보고 있던 것이니 이제는 계속 보고 있을 필요가 없어 시선을 언덕 아래로 돌렸다.

아래에서 벌어지는 싸움은 우두머리인 인흠로의 도주로 기세가 기울기 시작했다.

마인 대부분이 인흠로의 뒤를 따라 전장을 이탈했고, 마적들은 갑작스러운 상황 변화에 당황하며 움직임이 둔해졌다. 다른 사람들의 숨통이 트이고 있었다.

마적들이 당황하는 데에는 마인들의 도주 말고도 뭔가 다른 이유가 있는 것 같았지만 그런 내부적인 변화까지 파악하고 잡아내기엔 마적들을 향한 단사천의 관심이 너무 옅었다.

'도망치는 걸 막아야 했나.'

인흠로의 도주는 조금 예상외이기는 했지만 반응할 수 없었냐고 묻는다면 그렇지 않았다.

여유라고 말할 수는 없지만 충분히 반응할 수 있었다. 무광검도의 속도는 불합리 그 자체니까.

하지만 그러지 않았다.

굳이 도망치는 쥐의 퇴로까지 막아가며 발악을 감당하는 것도 사양이었다.

막다른 골목에 몰린 쥐는 고양이를 문다. 포식자와 피식자의 관계에서도 그럴진대 저 정도의 마인이라면 중상, 혹은 그이상의 가능성도 고려하지 않을 수 없었다.

"이걸로 끝이라면 좋겠는데……."

단사천은 인흠로가 사라진 방향을 바라보며 한숨을 내쉬었다. 말은 그렇게 했지만 앞으로 남은 여정 도중 마교의 습격이 없으리라는 헛된 기대는 하지 않았다.

저것들은 장랑(蟑螂: 바퀴벌레)과 같아서 하나를 잡아 없애도 어딘가에 수십 마리가 우글거리고 있는 것들이었다. 집을 새로 지을 마음을 먹어야 박멸할 수 있는 것들.

그런 것들이다. 몰살도 아니고 격퇴했을 뿐인 상황에 마음

놓을 수는 없었다.

그저 심양에 도착해 휴식을 취하고 재정비를 할 때까지라도 조용히 넘어가기를 기원할 뿐이다.

'거리는 얼마 남지 않았지만 한 번 정도는 더 올 것 같고.'

마지막에 보았던 인흠로의 눈빛을 떠올리면 그건 분명할 터였다.

명확한 목적성을 띠는 적의와 살의. 근 시일 내로 다시금 무언가 수작을 부려올 것이 분명했다.

상념은 거기까지였다. 가볍게 팔을 돌려 상태를 확인한 단사천은 고개를 짧게 끄덕였다.

"뒷정리부터 끝내야지."

긴장이 풀리고 찾아온 피로와 고통에 그냥 다 잊어버리고 눈을 감고 싶었지만 아직 싸움은 끝나지 않았다.

사방에는 아직도 무수한 적이 남아 있었다. 귓가를 따갑게 때리는 금속음. 저것이 멎기 전에는 마음 편히 몸을 돌볼 수 없었다.

*   *   *

마지막까지 날뛰던 것은 채 도망치지 못한 마인들 몇이 전부였고, 적의 대다수이던 마적들은 인흠로와 마인들이 도망치자 언제 미친놈처럼 날뛰었냐는 듯 고분고분한 모습으로 머리를 조아리고 항복했다.

싸우는 동안 마적들의 숫자가 많이 줄었지만 여전히 일행보다도 마적의 숫자가 많았기에 간단하게 손을 묶는 구속만으로도 꽤나 오랜 시간이 걸렸다.

부상자 치료 같은 뒤처리를 모두 끝내자 어느새 해가 밝기 시작했다.

무양자가 돌아온 것은 그즈음이었다.

그가 뒤쫓던 마인들 말고도 계속해서 마인들이 나타나 앞길을 막으며 시간을 끄는 바람에, 해가 떠오르고도 한참이 지나서야 돌아온 것이다.

무양자의 모습은 그가 겪은 고생을 말해주고 있었다. 더럽혀지긴 했어도 단정함은 유지하고 있던 도복은 이제 흙먼지와 피로 범벅이 되어 완전히 거지꼴을 하고 있었다.

"이거야 원."

한쪽에서 쉬고 있던 일자배 제자들의 안전을 확인한 무양자는 단사천을 찾아 나섰다가 주변을 확인하곤 씁쓸한 표정으로 턱을 긁적였다.

사방에서 들리는 신음. 대부분은 포로로 잡힌 마적들의 것이었으나 용위단과 호위들의 신음도 적지 않게 섞여 있었다.

그가 생각한 것 이상의 일이 있었음이 분명한 주변 상황에 심기가 불편해졌다.

'너무 성급하게 움직였군.'

그가 미끼를 덥석 물어버린 탓에 불필요한 희생이 생겼다. 그가 남아 있었다면 일어나지 않았을 무수한 사상자에, 주변을 둘러보는 그의 얼굴에서 옅은 그림자가 졌다.

'생각한 것보다 더 심한 상황이었나.'

피해를 입지 않은 사람의 숫자가 생각보다 너무 적었다.

주변을 둘러보고 예상보다 더 큰 피해가 생겼음을 확인한 무양자는 혀를 찼다.

독불장군처럼 홀로 사는 것에 익숙하다 보니 이런 상황에서도 혼자 움직이려는 성향이 강했다. 강호 무림을 살아가는 무인에게 단점이라 할 정도는 아니지만 이런 상황이 되고 보니 입맛이 씁쓸했다.

얼마간 걷다 보니 익숙한 모습들이 보였다. 단사천과 그 주변에 둘러앉은 세 사람.

잠시 눈을 감고 마음을 정리한 무양자는 발걸음을 옮겼다.

"아, 진인."

"앉아 있어도 괜찮네. 일어서지 말게나. 그래, 몸은 좀 어떠냐?"

무양자는 왠지 모르게 비어 있는 단사천의 옆자리에 앉으며 그렇게 물었다.

대뜸 묻는 것 같았지만 무양자에게는 충분한 이유가 있었다. 단사천의 몸에서 느껴지는 무광검기의 잔향과 언덕에 깊게 새겨진 검흔이 바로 그 이유였다.

"꽤나 무리하게 무광검기를 사용한 것 같은데… 내상이 있는 몸으로 그래도 괜찮은 것이냐? 네 몸뚱이야 하늘이 내린 일품이긴 하다만 그렇게 막 굴려도 멀쩡한 거냐?"

만반의 준비를 하고 사용해도 감당하기 힘든 수준으로 반동이 가해지는 것이 무광검기이다.

단사천의 몸 상태를 완전히 파악한 것은 아니지만 자그마한 내상일지라도 몸에 이상이 있다면 위험으로 직결될 수 있는 것이 무광검기였다. 그가 걱정하는 것도 무리는 아니었다.

"지금 이 꼴이 멀쩡해 보이십니까? 전혀 안 괜찮습니다."

가부좌를 틀고 침을 맞던 단사천이 작은 목소리로 입술만 달싹여 말했다. 대답을 들은 무양자는 고개를 끄덕이며 답했다.

"그래, 살 만한가 보구나."

"아니, 무광검기 후유증 때문에 이렇게 속을 다스리고 있는 게 안 보이십니까!"

말소리가 조금 커졌지만 그뿐이다.

등에 서이령의 손길이 닿을 때마다 목소리는 다시 작아졌다.

무양자가 잔잔히 웃으면서 입을 열었다.

"그만큼 말할 수 있으면 괜찮은 거지."

그렇게 말하면서도 계속해서 단사천을 살피는 무양자였다. 호흡과 눈, 기도까지 세밀히 살핀 그는 고개를 끄덕였다.

눈은 맑고 기식은 평탄했다. 기도가 흔들리지만 충분히 괜찮다고 말할 수 있는 범주에 드는 수준이었다.

'…그런데 이 녀석이 이 정도로 기도가 흔들리는 건 처음 보는군.'

병적일 정도로 제 몸에 집착하는 제자였다. 관리의 엄격함은 그조차도 혀를 내두를 정도.

그래서 산에서 봐온 단사천의 기도는 언제나 미세한 흔들림도 없었다. 그가 알기로는 이 정도로 내기(內氣)가 흔들린 적이 없었다.

"농이다, 농. 그래도 걱정한 것보다는 나은 것 같구나. 다행이다."

무양자가 깊은 주름을 만들어내며 웃음 지었다. 말과 표정에서 느껴지는 온화함에 단사천도 입을 닫고는 한숨을 한차례 내쉬고 힘없이 웃어 보였다.

밤을 지새우며 싸운 피로는 무양자에게도 쌓여 있었다.

일자배 제자들을 보호하며 기백 명을 베어 넘긴 그다. 압도적인 격차가 있다고 해도 사방에서 휘둘러지는 칼날 속에서 밤을 지새우는 것은 상상을 초월하는 육체적, 정신적 피로를 그에게도 남겨놓았다.

그럼에도 도착함과 동시에 단사천을 찾아온 것은 드러내지 않는 그 나름의 걱정 표현이었다.

무양자는 헛기침을 하고는 단사천에게서 시선을 거두어 주변으로 주의를 돌렸다. 여전히 많은 무사들이 바쁘게 움직이고 있었다.

다시 단사천에게 시선을 돌린 무양자가 말했다.

"매복에 유인, 전력을 분산시키고 나서 습격인가? 대충 짐작은 간다만 정확히 어떻게 돌아간 것이냐?"

"진인께서 미끼를 쫓아가신 다음 마적들 사이에 섞여 있던 놈들이 모습을 드러냈습니다."

침구를 정리하던 서이령의 대답에 무양자는 눈썹을 치켜올렸다. 어디 먼 곳에 숨어 있던 것도 아니고 바로 지척에 섞여 있었다는 대답은 그의 예상을 벗어난 것이다.

"섞여 있었다? 그런 기척은 느끼지 못했는데?"

만약 조금이라도 그런 낌새를 느꼈다면 무양자는 그렇게 움직이지 않았을 것이다. 그때 무양자는 어떤 이상함도 느끼지 못했다.

놀라는 무양자에 무설이 퉁명스럽게 답했다.

"뭔가 특수한 기공이거나 마기를 숨겨주는 약이라도 복용한 거겠죠. 저놈들이라면 충분히 그런 짓을 하고도 남을 놈들이잖아요."

무양자는 미간에 골을 만들며 턱을 쓰다듬었다.

"흐음, 이놈들 참 머리 아픈 수를 써대는군."

그도 명색이 구파의 장로다. 어지간한 무인보다는 훨씬 예민한 기감을 가지고 있다. 더욱이 자신의 영역 안에서라면 천하에서 손꼽힐 수준.

그런 그의 기감에도 걸려들지 않는 술수라니, 단순히 한 번 속아 넘어간 것 이상으로 골치가 아픈 일이었다.

정체를 숨기고 도시 한복판에서 소동을 일으키거나 하인들 사이에 섞여 암살을 꾀하거나 악용한다면 엄청난 짓을 벌일 수 있는 가능성이 있었다.

잠시 몇 가지 가능성을 셈하던 무양자는 고개를 내저었다. 고민해 봐야 당장 할 수 있는 일은 없었다. 대신 시선을 앞으로 돌렸다.

"그런 고민은 나중에 하고 이 말을 먼저 해야겠지. 아주 잘했다. 이제는 정말로 무인이라고 불러도 손색이 없겠구나."

진담 반, 농담 반으로 그렇게 말하며 만족스러운 표정을 짓는 무양자였다.

하지만 그와는 반대로, 무양자의 말을 들은 단사천은 표정 관리를 포기하고 인상을 쓰며 말했다.

"아니, 무슨 그런 악담을 다 하십니까?"

"이제 포기하는 게 어떠냐? 이쯤이면 운명인 것 같지 않으냐?"

"절대로 포기 안 합니다."

아직도 박혀 있는 침이 아니었으면 멱살이라도 잡을 기세인 단사천을 보며 무양자는 결국 참지 못하고 웃어버렸다.

五 . 흔적

어슴푸레한 새벽, 백리촌(白鯉村)에 거대한 배 한 척이 접안
했다.

아무런 특산품도 없는 작은 어촌에 맞지 않는, 그야말로
웅장한 배. 남해 먼 바다를 오가는 거상들이 타고 다니는 거
대 상선이었다.

다만 그곳에서 내리는 이들은 상인이나 짐꾼이 아닌, 전신
을 철갑으로 완전히 감싸놓아 피부가 하나도 보이지 않을 정
도로 중무장한 기마병들이었다.

갑작스레 나타난 대형선을 구경하기 위해 몰려든 마을 사

람들은 배에서 내리는 자들을 보고 대경하며 집 안으로 숨어들었다.

조세를 밀린 적도 없고 별다른 범법 행위도 하지 않은 사람들이었지만 중무장한 병사들이란 그 존재만으로도 압박을 주기에 충분했다. 더욱이 요즘 같은 시끄러운 시국이라면 더더욱.

그래도 호기심을 참지 못해 담벼락 너머로 그들이 해안가에 정렬하는 모습을 엿보는 자들이 있었다.

우직! 쩌적!

기마병이 하나씩 배에서 내릴 때마다 두꺼운 나무로 만들어진 가교가 불길한 소음을 만들어냈다. 조용한 어촌의 새벽을 깨우는 소리였지만 그 광경을 바라보는 자들의 정신을 잡아끄는 것은 기마병들의 모습이었다.

가장 작은 자가 칠 척, 큰 자는 팔 척을 넘는 거인들이 전신을 둘러싼 철갑을 입고 귀신의 형상을 한 면구(面具)까지 뒤집어쓴 모습은 위압적이며 공포를 자아내었다.

그리고 그런 거인들을 태운 것은 그들이 봐온 어떤 말보다 큰 거마(巨馬)였다. 기마에도 어김없이 철갑이 둘러져 눈과 귀를 제외한 곳은 보이지도 않았다.

가끔 콧김을 내뿜으며 투레질하는 모습은 어지간한 맹수보다 흉악해 보였다.

"저게 뭐여? 사람이여? 설마 하늘에서, 아니, 용궁에서 신장들이라도 온 건가?"

"용궁은 무슨, 저 병사들은 그거 아닌가? 이번에 나라님이 직접 나서서 저 원나라 놈들 깡그리 잡는다던데, 그 토벌대겠지."

이야기를 주고받던 사내는 위화감을 느끼며 의문을 꺼냈다.

"그런가? 근데 왜 일로 와? 그놈들은 여기가 아니라 좀 더 서쪽에 있는 거 아니었나?"

다만 그 의문에 대한 답은 나오지 않았다. 대신 그들은 기마병 앞에 나선 촌장을 향해 시선을 돌렸다.

촌장은 초로의 노인이었다. 아직 해도 뜨지 않아 어둡기만 한 새벽. 갓 잠에서 깨어난 촌장은 제대로 옷을 갖추지도 못하고 얇은 옷을 그대로 입고 헐레벌떡 뛰어나와 그들 앞에서 허리를 깊이 숙였다.

"아이고, 이런 궁벽한 곳에는 어쩐 일……."

노인은 당연히 그들이 관군이라 생각했다. 이만한 중무장을 갖출 수 있는 곳을 그곳 외에 생각할 수 없었으니 당연한 귀결이었으나 노인의 눈앞에 있는 것은 당연한 상식이 통하지 않는 자들이었다.

노인이 허리를 숙이는 것과 함께 선두에 선 거한이 가볍게 손을 털었다.

가벼운 손짓이었으나 그 결과는 가볍지 않았다. 자루까지 철로 만든 거대한 창이 거센 바람과 함께 휘둘러졌다.

후웅! 콰직!

창날은 끔찍한 소음과 함께 노인의 허리를 갈랐다.

아직 쓰러지지 않은 노인의 하반신 절단면에서 뿜어진 핏물은 비현실적이었다.

"혼천종 놈들, 상륙지 청소도 안 해놨나? 게으르기는, 쯧! 전부 쓸어버려라."

히히힝!

나지막한 명령은 마을 사람들의 귓가에 닿지 않았지만 거친 투레질과 말발굽 소리, 그에 뒤따르는 비명만큼은 그들의 귓가를 거세게 때렸다.

"사, 살려……."

으직! 촤악!

비명, 파육음, 그리고 핏물.

그들의 다리로 기마의 다리를 피해 도망칠 수는 없었고, 발악적으로 휘두르는 낫이나 도리깨 따위로는 그들의 발걸음을 잠시도 멈출 수 없었다.

잠을 깨우는 소란에 문을 열고 바깥을 내다본 자들은 예상도 하지 못한 참극을 목도하고 집 안에 숨었다. 하지만 담벼락째 들이받아 부숴 버리는 거마들에, 창 몇 번 휘두르는 것으로 집 기둥을 부숴 무너뜨리는 자들이었다.

그들은 마을 사람들을 생매장하고도 모자라 무너진 건물의 잔해에 불을 붙여 몰살의 끝을 장식했다. 어떻게든 잔해에 몸을 숨겨 살아남은 생존자들은 산 채로 불타는 고통에 비명을 내질렀다.

더 이상 비명이 들리지 않을 때까지 그들은 살육을 멈추지 않았다.

전신을 붉은 피와 살점으로 덧칠하고도 생존자 수색을 멈추지 않던 그들은 마을 어귀에 일단의 인마가 나타나자 그제야 행동을 멈췄다.

"이제야 왔나?"

창에 눌어붙은 피와 살점을 휘둘러 털어낸 장한은 말을 몰아 무리의 선두에 선 자에게 향했다. 상대편도 말을 타고 있기는 했지만 장한의 시선은 훨씬 높은 곳에 위치해 있었다.

"마중이 늦군. 상륙지 청소도 안 해놨고. 게으름이 도가 지나치구면."

이죽거리는 장한의 말에 그는 두건을 벗고 얼굴을 드러냈다. 고리눈이 무섭게 일그러진 얼굴, 인흠로였다.

"그리고 뭐냐, 이 숫자는? 듣기로는 흑혈강시만 백 구가 넘는다고 들었네만, 무사를 합쳐도 백도 안 되어 보이는데?"

창을 어깨에 턱 걸친 장한은 면구 위로 턱을 쓰다듬었다.

들은 것과 보이는 것의 차이가 너무 난 탓이지만 그는 곧 고개를 끄덕였다.

나머지는 그 불신자들의 발을 묶고 있겠거니 생각한 것이다.

그러나 그의 말에 인흠로는 더욱 얼굴을 일그러뜨리고 이를 씹으며 답했다.

"검귀와 그 제자 놈에게 나머지는 모두 당했다. 남은 건 이게 전부다."

예상을 한참이나 벗어나는 대답에 그는 잠시 당황했다.

"응? 시간만 끄는 데도 당했다고? 검귀야 초절정 소리를 들으니 그러려니 하겠다만 점창파 어린 말코 도사 놈들과 왜구나 잡고 다니던 놈들이 그 정도였나? 아니, 아니군. 너, 그 꼴을 보니 직접 들이댔구먼?"

말이 길어질수록 어그러지는 인흠로의 얼굴을 보고 장한은 혀를 찼다.

"쯧쯧, 그러게 약하면 주제 파악이라도 잘해야지."

인흠로의 허전한 오른팔 부분을 훑은 장한이 조소를 흘렸다.

면구의 틈새로 유일하게 보이는 눈에도 멸시의 감정을 가득 담고 있었다.

인흠로는 눈동자가 붉게 물들고 전신이 분노로 떨렸지만 움직이지는 않았다. 싸워서도 안 되거니와 싸울 수도 없었다. 단사천에게 당하며 생긴 내상과 외상은 여전히 그를 좀먹고 있었다.

"그래서 놈들은 지금 어디에 있지? 설마 놓친 건 아니겠지?"

반응 없는 인흠로에게 실망한 것인지 콧방귀를 뀐 장한이 굵직한 목소리로 물었다.

"꼬리는 붙여놓았다. 지금쯤이면 금주를 지나서 반금을 향하고 있을 거다."

인흠로의 대답을 들은 장한은 잠시 고개를 숙이고 생각하더니 곧 다시 고개를 들었다.

"그 정도면 하루도 안 걸려서 오겠군. 정오 정도에는 도착하려나? 흠, 뭐 그건 됐고, 기마는? 중요한 놈들이 말을 타고 냅다 도망치면 곤란해."

"…짐말은 몰라도 승용마는 가장 먼저 제거했다. 거기에 부상자도 있으니 이곳까지 오려면 적어도 하루 이상의 시간은 있겠지."

"기동력은 없다고 봐도 좋나? 그러면 도망은 못 치겠고. 하긴 그 정도는 해야지. 그것도 못하는 놈들과 합을 맞출 필요는 없으니."

노골적인 혼잣말에 인흠로가 움찔하고 반응했으나 장한은 관심도 주지 않고 말을 이어갔다.

"가장 좋은 건 적당한 곳에 유인해서 들이치는 건데… 여기는 달리기엔 땅이 너무 안 좋아."

유인이라는 단어에 인흠로가 반응했다. 미묘한 표정이었다.

"미안하지만 이미 한 번 이쪽의 유인책에 당한 놈들이다. 이번에는 좀 더 신중하게 움직일 거다."

"뭐? 젠장할. 도대체 도움이 안 되는군. 이래서야 보조는커녕 방해만 되는 거 아닌가?"

표정은 보이지 않았지만 예상할 수는 있었다. 면구 틈새로 보이는 눈에 짜증이 가득했다. 한껏 일그러진 얼굴.

인흠로는 장한이 박살 나는 것을 보고 싶다는 생각을 속으로 삼키며 듣지 못한 척 무심을 가장한 채 말 머리를 돌렸다.

지금 그에게 주어진 역할은 이들 일백의 중기(重騎) 귀갑신마대를 대적자의 앞까지 안내하는 것이었으니까.

*　　　*　　　*

제대로 걸을 수 있는 일행은 당초 대도를 출발할 때와 비교하면 절반 가까이 줄어들어 있었다. 장성을 넘고 칠 주야도 지나지 않아 일어난 결과였다.

습격 이후로 몇 남지 않은 마차 위에는 최소한의 물품만을 남겨놓은 채 부상자들이 다닥다닥 붙어 누워 있었다.

자연스레 속도는 느려질 수밖에 없었고, 당초 예상한 것보다도 훨씬 늦게 한 어촌에 도착할 수 있었다.

드디어 제대로 지붕이 있는 곳에서 잠을 자고 건량과 육포가 아닌 식사를 할 수 있다는 기대도 잠시였다.

본래라면 그들을 맞이해야 하는 것은 해안가에 자리한 호구 삼십여 정도의 작은 마을이었다. 하지만 지금 그들의 시야에 보이는 것은 촌락이 아니라 촌락이던 흔적뿐이었다.

"이럴 수가……!"

서이령의 입에서 떨리는 음성이 새어 나왔다. 커다란 눈망울에 이슬이 맺혀 있었고 꽉 쥔 주먹 역시 그녀의 음성만큼이나 떨리고 있었다.

의가의 여식이기에 피와 죽음에는 익숙했다.

열상(裂傷)과 자상(刺傷)은 물론이고 화상으로 일그러지거나 문둥병에 걸린 환자 등 온갖 종류의 참혹한 모습에도 익숙한 그녀이지만 눈앞에 펼쳐진 광경에 흔들리는 것은 어쩔 수 없었다.

목전의 광경에 흔들리는 것은 비단 그녀만이 아니었다.

점창파 도사들이 그랬고, 단목혜와 무설은 상기된 얼굴로 끔찍한 광경을 바라보다 이내 눈을 돌렸다.

"불씨는 남지 않았지만 그리 오래된 것 같지는 않습니다. 기껏해야 반나절 정도 지났습니다."

선행하며 주변을 확인하고 돌아온 용위단 무사들에게 보고를 받은 관일문이 말했다.

그의 눈에서도 섬뜩한 빛을 찾을 수 있었다. 왜구들을 상대할 때나 봐온 무차별적인 살육의 참상에 살기가 새어 나온 탓이다.

"말 발자국이 어지러운 걸 보니 일단 저희를 습격한 마인들과 같은 자들은 아닌 것 같아요. 장담은 할 수 없지만 그래도 굳이 따진다면 구 할 이상 전혀 다른 무리라고 봐요."

용위단원들을 제외한 사람들 중에서 그나마 냉정하게 상황을 바라본 단목혜는 참상에서 눈을 돌려 주변을 살폈다. 그리고 어지럽게 찍힌 말 발자국과 거칠게 박살 난 흔적들에 시선을 보냈다.

그녀가 기억하는 한 인흠로가 이끌던 마인들의 무장과 지금 이 참상에 남은 흔적 사이에는 전혀 공통점이 없었다.

남은 흔적이라고는 압도적인 파괴의 결과물뿐. 이는 도검으로 만들기에는 무리가 있는 흔적이었다.

베인 것이 아니라 부서진 흔적. 화포라도 수십 문은 끌고 와야 가능할 것 같은 광경이 그녀의 생각을 확신으로 만드는 것 중 하나였다.

"잔혹하네요."

무설의 시선이 불타 무너져 내린 모옥과 아무렇게나 널려 있는 시신들을 향했다.

창에 꿰뚫린 일가족의 시체, 말에 짓밟혀 터져 나간 시체, 까맣게 타버린 잿더미, 반항의 흔적도 보이지 않는 일방적인 살육. 욕지기가 절로 솟구치는 광경이었다.

"마인들이 아니라면 혹시 마적들일까요?"

그녀가 입술을 깨물며 물었다.

새하얗게 질린 얼굴과 피가 배어 나오는 입술이 그녀의 심정을 대변해 주고 있었다.

비록 그녀가 대의와 정의를 좇으며 협행에 목숨을 거는 부류는 아니지만 그녀 또한 무림인이었다. 무공을 익힌 무인과 그렇지 않은 일반 백성, 보호받을 자와 존중받을 자를 구분하는 것이다.

검을 들지 않은 자를 베는 것은 불명예라는 인식. 그건 정사(正邪)와 나이, 성별을 떠나 무인으로서 지니는 기본적인 자긍심이다.

"마적들도 아닐 겁니다. 마적들이 하는 짓이 아닙니다."

잠시 마을 주변을 살피고 돌아온 장삼이 단언했다.

"머리가 조금이라도 돌아가는 마적이라면 이런 짓은 하지 않습니다. 마적들이라고 모든 것을 자급자족할 수는 없습니다. 그들에게도 필요한 것은 존재하죠. 식료나 의약품을 구해야 하는 건 물론이고 장물의 처리까지. 일대의 촌락들은 마적들과 공존하며 살아가는 존재입니다. 그리고 이런 짓을 예사로 저지르는 마적이 있다면 애초 주변에 촌락은 생기지도 않았습니다."

잠시 말을 멈추고 다시금 시신들로 고개를 돌린 장삼이 말을 이어갔다.

"더욱이 이런 시기입니다. 금군이 움직이고 황제 폐하가 직접 원정에 나서는데 마적들은 땅에 고개를 처박고 부디 무사하길 빌어도 모자라죠. 시선 끌 일은 결코 하지 않습니다."

장삼의 설명에 무설과 단목혜가 납득한 표정을 보였다.

"그렇다면 대체 누가 이런 끔찍한……."

아직 충격을 다 회복하지 못한 듯 새하얗게 질린 얼굴로 의문을 제기하는 서이령에게 관일문이 대답했다.

"마적들은 아닌 듯합니다만, 단목 아씨의 말대로 원흉이 기병(騎兵)임은 확실합니다. 단순히 이동용으로만 쓰는 말이 아닙니다. 조금 흔적이 어지러워 읽기 힘들기는 하지만 이거

160 보신제일주의

아무래도……."

앞으로 나서서 바닥을 훑던 관일문이 말끝을 흐렸다. 잠시 말을 멈추고 어지러운 흔적을 유심히 살피던 그가 눈을 가늘게 뜬 채 답했다.

"크기도 상궤를 벗어났습니다만, 그것보다 말의 발자국이 상당히 깊습니다. 마을 내부이니 나름 단단히 다져진 흙일 텐데도 이 정도로 깊다는 건 하중이 상당하다는 뜻입니다. 이거 아무래도 흉수는 중갑을 입은 것 같습니다."

"중기병? 관군이라도 움직인 건가?"

중갑과 기병, 두 단어에서 바로 관군을 떠올리는 것은 이상하지 않았다.

작은 마방(馬房)도 아니고 기병을 운영할 무림 방파는 없었으니 자연스러운 연결이었지만 관일문은 또 한 번 고개를 좌우로 저었다.

"그럴 리가요. 관부에서 이런 보잘것없는 어촌에 무슨 억하심정이 있어 이런 짓을 하겠습니까? 역적들이라도 모여 사는 곳이라면 이해하겠습니다만 그런 말은 들어본 적도 없습니다. 이런 곳에서 지을 죄라고 해봐야 마적들에게 협력하고 조세를 연체하는 게 전부일 겁니다. 겨우 그런 걸로 관에서 중갑을 갖춘 병마를 백수십씩 배치할 턱이 없습니다."

흔적으로 미루어 이 어촌은 단숨에 짓밟혀 무너졌다. 나무와 흙으로 쌓은 벽이 있던 자리까지 허물어져 무자비하게 짓밟혀 있었다. 때에 어울리지 않는 폭풍이라도 휩쓸고 간 것 같았다.

사방에 널린 말 발자국으로 그들의 정체가 기병인 것은 알았지만 이 참담한 파괴는 그것만으로는 설명이 되지 않았다.

"정체에 대해서는 짐작도 가지 않습니다. 하지만 그보다 신경 쓰이는 건……."

고민을 해도 나오지 않는 답을 포기하고 자리에서 일어난 관일문이 지평선 너머까지 어지럽게 이어진 말의 흔적을 보고는 미간을 한껏 찌푸렸다.

"단정할 수는 없지만 일단 이 기병들의 흔적은 심양 방향으로 향하고 있습니다. 어디까지나 행선지가 겹칠 뿐인 단순한 우연일 수도 있습니다만."

꺼림칙함을 숨기지 못하는 관일문의 답에 장삼의 눈썹이 꿈틀거렸다.

"하지만 그렇다고 가지 않을 수도 없는 노릇이지 않나. 가는 길이 급해. 확실한 위험이라면 수단을 강구하겠지만 아직 확실하지도 않은 위험 때문에 괜히 길을 돌아가거나 머뭇거리고 있을 시간은 없네."

장삼이 한숨을 폭 내쉬며 말했다. 앞에서 뭐가 기다리고 있을지 모른다 해도 발걸음을 지체할 시간적 여유가 없었다.

단사천의 몸이나 마차 안에 있을 내단도 문제였지만 속도를 늦추거나 가만히 있는 것은 한창 그들을 노리고 있을 마인들에게 한 번 더 습격의 빌미를 주는 것밖에 되지 않았다.

관일문도 그 말에 고개를 끄덕였다. 그도 넘어가기 찜찜한 불안 요소를 확인한 것뿐이었다.

혼자라면, 아니, 지금 맡은 일이 아니라면 협의에 몸을 맡길 수도 있겠지만 지금 그에게 있어서 우선시되는 일은 그런 것이 아니었다.

"그냥 찜찜해서 해본 말입니다. 만의 하나라고는 해도 걸려든다면 골치 아픈 정도가 아닐 테니까요. 그런데 그건 그렇고, 원래는 여기서 오늘 하루를 지낼 예정이었습니다만……."

"으음……."

바쁘게 움직이며 시체를 매장하고 있는 무사들을 보면서 장삼이 침음을 흘렸다.

가능하면 노숙을 피하고자 싸움의 피로도 채 풀지 못하고 속도를 높여 이동했건만 결국 노숙을 피할 수 없게 된 상황이었다.

이슬을 피할 건물은 몇 남아 있지만 시체와 잿더미를 옆에 두고 잠들 정도로 신경이 굵은 사람은 얼마 없었다.

거기에 지금 일행의 문제는 단순 피로만이 아니었다. 상당한 숫자의 부상자들. 모두가 가벼운 상처를 달고 있고 거동이 힘든 자들도 적지 않았다.

야숙이 길어지면 길어질수록 그들의 상태도 나빠진다. 서이령의 의술이 아무리 대단해도 어쩔 수 없는 일이었다. 제대로 된 휴식이 필요했다.

"어쩔 수 없지. 간만에 야숙이 아니라 지붕 밑에서 잘 수 있나 했더니. 조금 더 가서 적당한 강가라도 찾을 수 있으면 좋겠네만."

장삼은 한숨을 쉬고 쓴웃음을 지었다. 그에게 할 수 있는 일이란 그 정도였다.

六. 조우

말이란 사람보다 몇 배나 덩치가 큰 동물이지만 그것도 한
계가 있다. 아무리 크다 해도 어깨높이가 오 척에서 육 척 정
도에, 무게는 천오륙백 근 정도를 오가는 것이 보통이다.

　거기에 그런 거체에 어울리지 않게 겁이 많고 온순한 동물
이기도 하다.

　다만 야생마의 경우 온갖 짐승들과의 싸움에 노출되기에
흉포한 것들도 가끔 있는데, 이 야생마들은 생각보다 공격적
이고 위험한 존재이다.

　야생마가 발길질이라도 하거나 그 거체로 맹렬히 부딪쳐 오

면 노련한 사냥꾼이나 범, 표범 같은 맹수도 허를 찔리기 쉽
다.

그러나 그 흉성은 승용마에게는 불필요한 것들이다. 오히
려 겁이 있더라도 제대로 훈련받아 그저 기수의 명령대로 움
직이는 것이 명마로 취급받는다.

그런 의미에서 지금 그들 앞에 있는 이 거대한 기마들은
상식을 벗어나고 있었다.

부흐흐흥!

인근에서 보기 힘든 잡목림을 가로질러 나 있는 도로를 점
거한 십여 명의 무리가 있었다. 그들은 모두 거대한 말을 타
고 있었고 칙칙한 흑색의 갑주로 전신을 가리고 있었다.

관부에서 온갖 것을 보며 자라온 단목혜에게도 신기할 정
도의 중장갑이었다.

일반 병사들은 그 무게에 짓눌려 움직일 수도 없을 것 같
은 중압감이 느껴졌는데 그 무게를 아무렇지도 않게 지탱하
는 말들은 저것들이 정말로 그들이 아는 말인가 의심스러울
지경이었다.

더운 김을 훅훅 뿜어내며 투레질하는 말들은 어깨높이만
해도 칠 척에 이르렀고, 말 머리까지 포함하면 고개를 들어
올려다봐야 할 정도였다. 무게도 어림잡아 삼천 근은 족히
될 것 같은 거마들.

하지만 가장 충격적인 것은 눈에서 느껴지는 흉포한 살기였다. 초식 동물이 아니라 호랑이나 표범 같은 맹수를 보는 것만 같았다.

"있다!"

고개를 막 넘어선 단사천 일행을 발견한 자가 외쳤다. 숲 전체가 쩌렁쩌렁 울리는 목소리였다.

"대주께 신호를 보내겠다."

그렇게 말한 철갑인은 말안장 뒤편에서 죽통을 꺼내 들었다.

두꺼운 대나무를 잘라 만든 것이었지만 그의 손에 들리니 세죽(細竹)으로 만든 단소처럼 보였다.

철갑인은 그것을 머리 위로 치켜들더니 죽통의 밑부분을 강하게 후려쳤다.

펴엉! 휘이이잉.

폭음과 함께 상단부가 불꽃을 내뿜었다.

불꽃은 검은 꼬리를 길게 늘어뜨리며 하늘로 솟구쳤다. 군부, 그것도 금위나 동창 같은 황실 직속에서나 사용하는 용연(聳煙)이었다.

그것을 알아본 단목혜가 경악의 빛을 띠는 사이 철갑인들은 어수선하던 대열을 제대로 갖추며 길목을 빈틈없이 막아섰다.

숲 사이로 난 길이라지만 마차 두 대는 동시에 지나가도 될 정도로 넓은 대로였다. 하지만 철기(鐵騎) 열 기가 이 열로 늘어서자 한 치의 틈도 보이지 않았다.

"마인들… 일까요?"

서이령은 스스로 말하면서도 고개를 갸웃거렸다.

하나하나가 은 수십 냥은 넘을 것 같은 갑옷에 마갑과 말까지 있다. 나라에서 작정하고 키워도 상당한 지출을 각오해야 할 모습. 어디에서 활동을 한다면 당장에라도 소문이 날 모습이다.

세간의 눈을 피해 도망 다니는 마인들이 갖추기엔 너무나 눈에 띄는 집단이었다.

"그건 모르겠지만 적어도 한 가지는 확실하네요. 그냥 보내줄 마음은 없다는 것."

단목혜가 확신으로 가득한 목소리로 단정 지으며 말했다.

그녀는 자신의 판단이 틀렸을 것이라 생각하지 않는 듯 매섭게 철기들을 노려보고 있었다.

"확실히… 그냥 지나갈 수는 없겠네요. 하긴 다른 생각이 있었으면 뭐라고 말이라도 했겠죠. 통행료를 요구하는 것도 아니고."

"방금 전의 신호탄도 그렇고, 아무래도 한바탕 해야 할 것 같네요."

아니, 그녀의 말이 아니더라도 저렇게 창칼을 빼든 모습을 보고 있으면 오히려 다른 경우를 생각하는 것이 힘들었다. 숨길 생각이 없는 명백한 적의가 전해졌다.

단사천은 팔짱을 끼고 대로를 틀어막은 철기들을 노려보며 생각했다.

다르게 해석할 여지가 없었다. 최소한의 사고력이 있으면 누구라도 도출할 수 있는 결론이다.

길목을 막고 주위의 동료를 불러들인다. 위치를 선점하고 발목을 막으려는 모습. 참상의 흉수인지, 마교도인지, 아니면 북원의 특작부대인지. 어떤 것이든 적이라는 뜻이다.

"저 열 기 정도 되는 기병을 상대하는 건 큰일이 아니겠습니다만 문제는 저 검은 연기로군요."

철기들의 기세나 장비로 보아 정예함은 상당할 것으로 보이지만 그래도 열 기라는 숫자는 충분히 감당 가능한 숫자였다.

단지 걸리는 것은 아직도 허공에 검은 연기를 남겨놓은 신호탄이었다. 주변에 있을 동료를 부르는 것이 분명한 신호.

"저 녀석들의 동료가 오기 전에 정리해도 부상자가 많아서 멀리 갈 수도 없어요. 오히려 후방에서부터 공격당하면 더 난

처할걸요."

"마찬가지로 뒤로 돌아가는 것도 힘들어요."

단사천 등이 타고 있는 마차는 대열의 정중앙에 위치해 있었다.

그 앞뒤로 부상자들이 타고 있는 짐마차가 있고 좌우로는 무사들이 포진해 있다.

말 머리를 돌려 온 길을 되돌아가는 일이 불가능한 것은 아니지만, 기마의 부족과 부상자들 때문에 속도를 낼 수가 없다.

기병에게 등을 보이는 것은 이대로 들이쳐 달라고 하는 행위나 다름없었다.

그런 상황에서 단사천은 적을 등 뒤에 두고 돌아설 수 있을 정도로 배짱이 넘치는 위인이 아니었다.

"차라리 이렇게 된 거, 부상자를 안쪽으로 두고 마차로 길목만 막은 다음 싸울 준비를 하는 게……."

길이 넓기는 했지만 다행히도 마차는 그 길을 모두 감당할 수 있을 정도의 숫자였고 좌우는 빽빽한 잡목림이었다.

정면과 후면만 제대로 막으면 기병이 날뛰기엔 상당히 무리가 있는 전장이었다.

애초부터 그러기 위해 고른 길이었다. 심양과 직선으로 이어지는 관도를 벗어나 흉수들과 엮일 것을 경계한 대책으로 인근에서 유일하게 숲이라 부를 수 있는 곳을 골랐다.

대면한 것을 보면 지리의 유리함이라도 안고 있어 다행이라 해야 할지, 아니면 이 길을 골라 만나게 된 것이라 불행이라 해야 할지 고민되는 일이었다.

아니, 방금 전의 신호탄으로 보아 주변에도 저들과 똑같이 십여 기의 철기가 사방에 흩어져 있을 테니 다행히 맞는 것 같기는 했다.

"…진퇴양난이네. 결국은 이곳에서 버티는 게 제일 좋은가."

머리를 감싸 쥔 단사천에게 곁에 앉아 있는 무설이 평온한 목소리로 조언했다.

"단 공자, 당장의 방침은 대략 그렇게 잡으면 되겠지만, 미리 말을 해놔야 할 사람들이 있지 않아요? 점창파 도사들, 그러니까 사형제들이라던가."

예상치 못한 말에 단사천이 고개를 들었다.

"관 대주나 장 노대도 아니고 하필이면 왜 그쪽을? 그 사람들이 개입하면 피곤해질 것 같은데요."

당황과 의아함이 섞인 얼굴로 그녀를 바라봤지만 그런 반응을 예측하고 있었는지 무설은 담담한 말투를 유지한 채 설명했다.

"그렇기 때문이에요. 지난 습격에도 진인이나 다른 도사들이 따로 움직이는 바람에 위험해질 뻔했잖아요. 이번에도 그런 성가신 사태가 벌어질 수 있어요. 차라리 싸움이 시작되기 전에 미리 귀띔해 두고 행동에 제약을 두는 편이 최선의 예방 아닐까요?"

"무양자 어르신이야 연륜이 있으니 이쪽에서 뭐라 하지 않아도 경거망동하시지는 않으리라 생각하지만, 다른 분들은 분노에 못 이겨 얼마든지 이쪽이 뭔가 하기 전에 일을 벌일 수도 있다는 얘기입니다."

"아아, 확실히 그러네."

단사천은 마치 격렬한 치통을 견디는 듯한 표정으로 머리를 다시 감싸 쥐었다.

이름 모를 어촌의 참상을 보며 격앙하던 일자배 사형제들의 모습이 떠올랐다. 일성을 제외한 나머지는 구석에서 토를 할 정도로 격렬한 반응을 보였다.

아마도, 아니, 분명히 뭔가 말이 없다면 만약의 상황에 제대로 제어가 되지 않을 것이 분명했다.

그리고 무림인이란 몇 가지 요소, 그러니까 은원이나 협의 같은 것이 걸리면 냉정한 대응 따위 바랄 수 없는 위인들이다.

"예상치 못한 상황에 휘둘리느니 처음부터 제대로 말해놓고 행동에 제약을 거는 편이 차라리 낫다, 이건가."

단사천이 거칠게 뇌까렸다. 딱히 점창파 사형제들에게 악감정이 있는 것은 아니다.

그저 극과 극이라고 할 만큼 그가 무인이라는 부류를 좋아하지 않을 뿐이다. 개개인 간의 친교라면 몰라도 생각이 향하는 지향점이 너무나 다르니까.

"생각해 보니 확실히 문제네요. 진인께 먼저 귀띔해서 어떻게든 부상자들의 안전을 위주로 움직여 달라고 요구할 필요가 있겠어요. 설득은 오라버니가 직접 하셔야 하겠지만요."

점창파 도사들과의 직접적인 접점이 있는 사람은 단사천이 유일하니 어쩔 수 없는 일이다.

그나마 점창파 일행의 책임자인 무양자가 제자인 단사천의 이야기를 귀담아들어 줄 것이라는 게 위안이다.

문제는 하나다. 단사천이 그들에게 말을 한다고 해도 참지 못하고 나설 경우.

무양자라는 윗사람이 있으니 아마 어느 정도는 가능하겠지만 아무래도 걱정이 되었다. 일도나 일성의 경우는 이제 후기지수라기보다는 중견이라는 말이 어울리는 나이를 목전에 두고 있으니 조금 걱정이 덜하지만 남은 둘은 그야말로 판에 박은 듯이 혈기 넘치는 젊은 무인이다.

말을 해둔다고 해도 충분히 선을 벗어나 일을 저지를 수 있었다.

단사천은 상황을 고려해서 무양자를 만나 강하게 요구할 것을 다짐했다.

"잠깐! 잡아! 저 녀석 말려!"

하지만 상황은 생각보다도 빠르게 진행되었다. 당황스러운 일도의 외침이 들렸다. 시야의 끄트머리에서 마차와 수레로 만든 벽을 뛰어넘어 달려드는 일양이 보였다.

七. 철기(鐵騎)

일행의 최후미에서부터 달려온 일양은 한달음에 자신의 키보다 높은 마차를 뛰어넘었다. 길목을 가로막은 열하나의 철기 바로 앞에 옷자락을 휘날리며 멋들어진 신법을 전개해 내려섰다. 일양의 뒤를 따라 일자배 제자들이 차례로 내려섰다.

　대책 없이 나선 일양을 제지하기 위해 따라온 일도였지만 당황한 탓인지 이번에도 일양의 행동을 막지 못했다.

　"이놈들!"

　일양은 철기들의 모습을 보고 문답 없이 곧장 화를 피워 올렸다.

그들이 입고 있는 흑색 철갑에는 진득하게 눌어붙은 더운 피가 여전히 마르지도 않은 채 번들거리고 있었다. 빛도 반사하지 않는 칙칙한 흑색이라 멀리서는 알아보지 못했지만 가까이에서 보자 확실해졌다.

그들에게선 짙은 피 냄새가 풍겼는데, 붉은색과 검은색이 뒤섞인 기마병은 범인이라면 보는 것만으로도 엄청난 위압감과 혐오감을 느낄 법한 몰골이었다.

하지만 이미 분노로 눈이 뒤집힌 일양에게는 중요치 않은 것이었다.

"네놈들!"

일양이 노성을 터뜨리며 달려들었다. 좌우의 잡목림이 흔들릴 정도의 고함이었지만 철기들은 너무나 가볍게 기파를 해소했다.

그 모습에 일양은 이채를 띠었으나 손을 멈추지는 않았다. 오히려 더욱 전신에 힘을 주어 분광검의 초식을 매섭게 뻗었다.

눈으로 좇기 버거울 정도의 쾌검. 일양의 검이 노리는 철기는 분광검법에 반응도 하지 못했다. 하지만 결과는 일양이 생각한 것과 달랐다.

까아앙!

맑은 금속음과 함께 검이 튕겨났다. 꿰뚫기는커녕 작은 흠집도 내지 못했다.

분노로 조절도 잊어버리고 한껏 힘을 실은 검이었다. 손아귀를 찌르르 울리는 반탄력에 분노로 가득하던 일양의 눈에 경악이 서렸다.

"흥!"

부우웅!

코웃음을 친 철기는 한 손으로 거창을 휘둘렀다.

반탄력을 이용해 몸을 뒤집은 일양을 스치고 창날이 지나갔다. 공기가 찢어지는 날카로운 소리가 그 안에 담겼을 힘을 짐작케 했다.

"거 사내놈이 얄팍하기는. 어떻게 바람에 홍홍 날아가나? 모기 새끼도 아니고 말이야."

"큭큭큭."

앞에서 일양의 검을 받아넘긴 철기의 말에 숨죽인 비웃음이 뒤따랐다.

그러자 얼굴이 시뻘게진 일양이 재차 달려들려 했지만 이번에는 일도의 손이 더 빨랐다.

어깨를 잡아챈 일도에 의해 멈춰 선 일양이 고개를 돌리며 외쳤다.

"사형!"

"멈춰! 아직 아무것도 확인된 게 없다!"

"지금 저걸 보고도 확인이라뇨?"

"나도 보인다. 하지만 심증만 있지 확실한 물증은 없지 않느냐."

"하지만……!"

둘이 격하게 말을 주고받는 사이에 일성이 앞으로 나섰다. 그에 맞서듯 철기 중에서도 한 명이 앞으로 나와 그와 마주섰다.

열한 기의 철기 중 유일하게 투구에 붉은 깃을 달고 있는 자였다.

"…웬 모기가 나타났나 했더니, 호오, 이게 누구신가? 천하 십룡의 수좌 섬룡이 아니신가?"

그가 앞으로 말을 몰아 나서며 일성에게 말을 건넸다. 굵직한 목소리가 귀신 모양의 면구 속에서 웅웅 울리며 흘러나왔다.

섬룡이니 십룡의 수좌니 하며 한껏 자신을 띄웠으나 실제로는 깔보고 있음을 모를 리 없는 일성이다. 그는 노기를 억누르며 진중하게 사내를 올려다보았다.

일성도 작은 키는 아니지만 말에 탄 채 내려다보는 사내의 시선은 배 이상의 높이에 있었다. 그 거체와 두꺼운 철갑, 핏물이 굳은 검붉은 얼룩과 겹쳐지니 지옥의 악귀 같은 모습이다.

한참을 살펴보다 일성은 미간을 찌푸렸다. 아무리 머릿속을 뒤져보아도 이런 무지막지한 기병을 운용하는 자들은 없었기 때문이다.

통성명을 하기 위해 입을 열려는 그때, 사내가 앞으로 손을 크게 휘둘렀다.

후웅!

아녀자의 허리보다 두꺼울 것 같은 팔뚝이 휘둘러지자 단순히 동작임에도 강한 바람이 일었다.

"한데 다짜고짜 칼을 들이밀었으니 반대가 되어도 불만은 없겠지?"

면구 너머의 표정을 볼 수는 없었지만 무슨 표정을 짓고 있는지 왠지 모르게 알 수 있었다.

분명 웃고 있을 것이다. 그렇게 생각하며 일성은 몸을 뒤로 빼냈다. 본능에 의한 반사적인 행동이고 동시에 시의적절한 행동이었다.

휘우우웅!

방금까지 일성이 서 있던 자리를 검은 그림자가 거칠게 찢어발겼다. 한 치 정도의 거리를 두고 베어드는 창날이 일성의 앞머리를 스치고 지나가자 몇 가닥 머리카락이 잘려 허공에 날렸다.

그것을 보고 있으니 등허리가 서늘해졌다. 조금만 늦었어도 머리카락이 아니라 목이 날아갈 뻔했다.

"이게 무슨……!"

"훅!"

한껏 휘두른 창을 곧바로 당겨 휘둘렀다.

창대의 중간에서 끄트머리로 잡는 위치를 바꾸니 일성이 기껏 물러난 거리가 무색해졌다.

보통의 창이라도 그렇게 잡아 휘두르는 일은 쉬운 일이 아니다. 하물며 척 보기에도 수십 근은 나갈 거창(巨槍)이라면 두말할 것도 없었다.

그러나 사내는 나뭇가지를 휘두르는 듯 가볍게 팔을 당겼다.

일성이 빠듯하게 한 걸음 더 물러났지만 여전히 창날의 간극 안이다.

일성은 입술을 깨물며 검을 빼 들었다. 그가 펼치는 것은 유운검이다. 분광검이나 사일검과는 다른 완연한 흐름의 방어가 펼쳐졌다. 맞상대할 수도 없으니 흘려내는 수밖에 없었다.

후웅! 카아앙!

"크윽!"

하지만 쾌검을 구사하기 위해 만들어진 일성의 얇고 가벼운 검으로는 철창의 무게도, 사내의 힘도 온전히 감당할 수 없었다. 검을 놓칠 뻔할 정도로 강렬한 충격에 정신이 아득해졌다.

간신히 궤도를 비껴낸 철창이 갈 곳을 잃고 땅에 처박혔다. 흙먼지와 함께 무거운 소리가 울려 퍼졌다.

쿠우웅!

보기보다도 더 무거운 것인지, 아니면 실린 힘이 강했던 것인지 한 번 궤도가 비틀리며 기세를 잃었음에도 창날은 땅거죽을 거칠게 파헤쳤다.

"크하하하하핫!"

연격이 실패로 돌아가는 것을 보면서도 중년인은 큰 소리로 웃음을 터뜨렸다. 대소에 담긴 투기가 전신을 찌르르 울리게 만들었다.

"크흐흐, 섬룡의 이름값은 하는군. 다짜고짜 칼질을 해댄 무례는 이 정도로 용서해 주지."

사내는 창을 회수해 양손으로 쥐었다. 그러고는 두 다리만으로 말을 몰아 크게 선회해 원래의 자리로 돌아가 섰다. 고삐를 쥐지 않았음에도 말을 수족처럼 움직이는 창술 이상의 기마술이다.

일련의 교환을 두 눈으로 본 일도 등은 일성의 뒤쪽에 서서 검을 빼 들었다.

천천히 기도를 끌어 올리는 모습. 당장에라도 상대할 기세이다.

"이쪽의 잘못이 먼저이니 더는 말하지 않겠습니다. 하지만 한 가지 물어봐도 괜찮겠습니까?"

"듣지 못할 이유도 없지. 말해보시게."

명백히 낮춰 보는 모습에 일양이 움찔했으나 일도와 일향에 의해 양쪽에서 제지당하고 눈만을 부라렸다. 일성은 망설이지 않았다.

"이곳에서 남서로 십 리쯤에 작은 어촌이 있는데, 혹시 그곳의 참화에 대해 아는 것이 있습니까?"

"그래."

너무도 간단히 대답하는 사내의 모습에 일양을 말리던 다른 둘조차도 얼굴을 굳히며 사내를 노려보았다.

분노와 살기가 담긴 시선에도 사내는 태연히 팔짱을 낄 뿐이었다.

일성이 조용히 안광을 빛내며 입을 열었다.

"…무고한 이들을 어찌 그토록 잔혹하게 죽였는지 알고 싶습니다. 정히 그래야 할 연유가 있었습니까?"

"그건가? 혼천의 위대한 가르침도 받지 못한 무지렁이들이다. 그 목숨이 얼마나 된다고 무슨 큰일이라도 날까. 왜냐고 묻는다면 내눈에 거슬렸다고 대답해 두지. 그럼 대답이 되겠는가, 섬룡?"

빙글빙글 웃으며 말하는 사내의 모습에 결국 일성도 노성을 터뜨렸다.

"인두겁을 뒤집어쓰고 어찌……! 그리고도 네놈들이 사람이더냐!"

목소리가 갈라질 정도의 격노. 움켜쥔 주먹이 새하얗게 변했다.

날카로운 기도가 뻗어 나왔다. 길바닥에 깔린 낙엽이 기도에 휩쓸려 '파삭' 하는 소리와 함께 몇 조각으로 찢겨 흩어졌다.

"크흐흐흐! 알량한 정의감에 불이라도 붙었는가? 그렇게 기세를 피우면 내가 산 도적들처럼 땅에 머리를 조아리고 용서라도 구걸할 것 같았더냐?"

사내는 마음껏 비웃음을 흘렸다.

그는 스스로의 힘에 대한 자부심을 가지고 있었다. 설익은 의협심에 사로잡혀 불나방처럼 뛰어드는 점창파 일자배 제자 넷 정도는 본대의 조력 없이도 거창으로 꿰뚫어 죽일 수 있으리라 여기는 것이다.

말이 끝나자마자 이어지는 것은 전조 없는 투창이었다.

사내는 말안장에 걸려 있던 단창을 빼 들어 던졌다. 철갑의 둔중한 모습에 어울리지 않는 매서운 속도. 오 척 길이의 단창이 날카로운 파공성과 함께 날아들었다.

카아앙! 콰지직!

갑작스러운 투창의 기세에 당황한 일성은 반 박자 늦게 검을 뺐었다.

창극과 검극이 맞닿고 귀를 때리는 금속성이 울렸다. 검날을 따라 단창이 흘러 날아갔다.

궤도를 비껴낸 단창은 뒤에 서 있던 일향의 머리를 스쳐 뒤편의 나무 하나를 꿰뚫고 나서야 땅에 떨어졌다.

"뭘 그리 망설이고 있느냐? 어서 덤벼라! 곧 있으면 본대가 올 텐데 그렇게 느긋해도 되겠나?"

일성은 사내의 조롱에 대답하지 않았다. 그저 묵묵히 검을 몇 번 휘둘러 손목의 상태를 점검한 뒤 사일검의 기수식을 취했다.

한껏 끌어당겨진 검은 마치 활을 쏘는 것 같은 모습이었다.

"사일검이냐? 눈 호강 좀 시켜다오!"

공력을 최대한 끌어낸 것인지 도복이 부풀었다. 일성의 체적이 배로 부푼 것 같았다.

그러나 사내의 눈은 여전히 검에 닿아 있었다.

"과연 기대하게 만들어주는군."

사내는 창을 땅과 수평으로 들어 일성을 겨누었다. 일성의 검과 사내의 창이 직선 상에 마주 섰다.

양쪽에서 뿜어져 나오는 기세가 중간에서 부딪쳤다. 눈에 보이지 않는 기세였으나 눈에 보이는 것 이상으로 그 존재감이 확연하게 느껴졌다.

일촉즉발. 언제 부딪쳐도 이상할 것 없는 긴장감이 흘렀으나 그 긴장감은 곧 깨졌다.

두두두!

사위에 진동이 울렸다. 숲, 땅이 한꺼번에 뒤흔들리는 것 같은 울림. 지진으로도 착각할 수도 있을 것 같은 엄청난 진동이다.

일성은 그 속에서도 집중을 유지하고 있었지만 사내는 가벼운 놀림으로 창을 회수했다. 더는 대치하고 있을 필요가 없다는 듯한 움직임이었다.

"벌써 오셨군. 미안하지만 개인적으로 노는 시간은 끝이다."

일성은 눈살을 찌푸리면서 천천히 뒤로 물러났다.

대체 무엇이 일어나고 있는지 알 수 없는 상황에서 일행과 따로 떨어져 있는 것은 위험하다고 판단한 일성은 다른 사형제들과 함께 일행 사이로 되돌아왔다.

마차와 짐으로 간이 진채가 만들어져 있었고 그 안에 있는 무사들이 술렁거리고 있었다.

그들의 이목이 원인 불명의 울림에 이끌리는 가운데 길목을 막아선 철기들의 후방에서 나무 몇 그루가 옆으로 쓰러졌다.

꽈아아앙! 우지직! 쿠웅.

계속되는 땅울림 속에서도 느낄 수 있는 강한 진동이었다.

그러나 땅울림은 거목이라 해도 과언이 아닌 나무가 쓰러질 이유는 되지 못했다.

그렇다면 저것은 누군가 쓰러뜨린 것이다.

모습이 아직 보이지 않으므로 몇몇이 힘을 합쳐 쓰러뜨리는 것이라 상상할 수 있었다.

하지만 그런 것치고는 나무가 쓰러지는 간격이 너무나도 빠르고 균일했다.

그리고 점차 쓰러지는 나무의 위치가 가까워지고 있었다. 거기에 섞여 들리는 둔탁한 소음까지. 화탄이라도 터뜨려 나무를 쓰러뜨리는 것 같았다.

방금 전의 그 신호탄을 생각해 보면 그럴 수도 있을지 모르나 무사들은 누구도 그렇게 생각하지 않았다.

자연적일 리가 없는 진동과 쓰러지는 나무.

"감이 좋지 않은데."

조금씩 가까워지는 굉음에 불길한 생각이 든 단사천이 짧게 중얼거렸다. 불길한 예감을 느끼는 이는 단사천만이 아니었다.

자리에 있는 모든 무사의 가슴에 기묘한 예감이 찾아왔다. 저것은 방금 전 철기들이 쏘아올린 신호탄이 불러온 것이라고.

무엇보다 화약의 매캐한 연기도 피어나지 않았다. 불길도 치솟지 않았다.

다시 말해, 어마어마한 힘을 가진 누군가가 일격에 거목을 때려 부수고 있는 것이다.

궁궐의 대들보가 되어도 이상하지 않을 거목을 부숴 꺾는다.

얼마나 되는 괴물일까. 무양자 정도 되는 무인이어야 저 정도로 가볍게 나무를 쓰러뜨릴 수 있을까.

땅울림과 함께 쓰러진 나무들이 대지를 뒤흔드는 소리가 서서히 다가오고 있었다.

무사들 사이에서 동요가 일어났다. 당연했다. 이 상황에서 동요하지 않을 자가 있겠는가.

방금까지 분노로 몸을 떨던 일양 등도, 감추고는 있지만 무설 등도 그랬다.

이윽고 나무를 쓰러뜨린 존재가, 아니, 존재들이 모습을 드러냈다.

그에 맞춰 땅을 울리던 진동도 멎었다.

기이한 정적 속에서 언덕을 올라 모습을 드러낸 것은 번들거리는 검은색 덩어리들이었다. 길목을 막던 철기들을 그대로 복제해 낸 것 같았다.

팔 척 정도 되는 거구의 사내들이 마찬가지로 거마에 올라타 있었다.

온몸을 감싸고 있는 단단한 갑옷에는 멀리서도 확인할 수 있는 핏물이 달라붙어 있었다.

칙칙한 붉은빛이 무수히 번뜩였다.

그들은 신장의 두 배는 됨 직한 거창을 들고 있었는데 창이라는 공통점은 있으되 형태는 제각각이었다. 과(戈), 극(戟), 창(槍), 겸창(鎌槍), 그 외에도 여러 형태의 창들이 하늘을 향해 뻗어 있었다.

그들을 태운 거대한 말들은 발길질 한 번으로 인간을 고기 조각으로 만들 수 있을 것 같았다.

귀갑신마대가 등장했다.

저거였나.

단사천은 입술을 살짝 깨물었다. 그는 어느새 가빠진 호흡을 되돌리고 주변을 둘러봤다.

동요에 빠져 불안을 쏟아내던 무사들은 이제 어느 누구도 말을 하지 않았다.

모습을 드러낸 존재들에게 시선이 빨려들어 떠날 줄을 몰랐다.

임시로 만든 마차의 벽 따위로는 막을 수 없으리라는 것을 이해하고 있는 모습들이었다.

그들은 자기도 모르게 주춤주춤 물러나다가 단사천, 혹은 그들이 각각 지켜야 하는 무설, 서이령 등을 확인하고는 다시 제자리를 찾아 움직였다.

그에 보조를 맞추듯 귀갑신마대의 철기들도 천천히 걸어오기 시작했고 야트막한 언덕을 중간까지 내려왔을 때 걸음이 멈추었다.

그리고 제자리에서 움직였다. 한 치의 오차도 없는 완벽한 통제를 유지하면서 한가운데가 좌우로 갈라진 것이다. 그들은 기마 하나가 지나갈 만한 간격을 비웠다. 그곳에 한 기의 철기가 보였다.

주변의 다른 철기들보다 머리 하나가 더 큰 자였다.

거리가 있었지만 규격을 벗어난 크기인 것은 알 수 있었다.

그 기마병은 다른 철기들과 같은 형상의 갑옷을 입고 있었지만 얼굴을 가리는 면구는 달랐다. 귀신의 얼굴을 형상화한 형태는 같았지만 색이 피처럼 붉은색이었다. 그러니 아마도 우두머리일 것이다.

그리고 우두머리는 두꺼운 팔을 움직여 면구를 해체했다. 그러자 선이 굵은 중년 남성의 얼굴이 드러났다.

사내 구문정이 두꺼운 목을 움직였다.

누군가를 찾는 것 같은 움직임. 그의 시선이 한곳에 멈췄다.

단사천은 그 시선이 자신에게 머무는 것을 느끼며 무양자의 등 뒤로 숨었다. 하지만 이미 구문정의 눈에 담긴 뒤였다. 히죽 웃은 구문정이 다시 면구를 장착하며 작게 중얼거렸다.

"대적에 검귀는 눈에 보이고 동홍왕은 보이지는 않지만 기운은 느껴지는군. 마차 안인가? 그럼 죽여야 할 것들은 모두 다 있다는 건가? 그리고 뭔가 애매한 기운이 하나 더 있기는 한데… 뭐, 아무래도 상관없지. 한바탕 놀기에 충분하면 그만이니. 자, 몸의 녹을 벗길 시간이다."

그에 동의하듯 말이 투레질을 했다. 그러자 그는 창으로 땅을 두 번 되풀이해 내려쳤다.

쿵쿵!

그 소리에 맞춰 뒤에 정렬한 백여 기의 기마가 더운 숨을 훅 내뿜었다.

그와 함께 이어지는 일제 거창. 한 사람이 움직이는 것 같은 귀갑신마대였다.

구문정이 앞으로 나서고 그가 지나간 자리를 다시 메운다. 인마가 정확한 간격과 대열을 유지하는 모습에 압박감이 가일층 배가되었다.

수천 개 정도 되는 바늘이 전신을 찌르는 것 같은 느낌. 노골적인 살의와 무력에 대한 자신감은 마주한 자를 주눅 들게 만들 정도의 압력이었다.

"신마대 개진(開陣), 출(出)!"

그의 명이 떨어지자 귀갑신마대원들이 일제히 말의 옆구리를 찼다.

퍼억!

기마의 발굽에 땅이 깊게 파이는 것이 눈에 보여 무게를 짐작하게 했다.

겉으로 보이는 것 이상의 무게감. 하지만 보보(步步)마다 가속을 더하는 모습은 일반적인 기마가 낼 수 있는 힘이 아니었다. 고수의 경신공부에 부족함이 없는 속도였다. 언덕을 거슬러 올라옴에도 그 속도는 줄어들지 않고 기세를 더했다.

그 모습을 정면에서 바라보고 있던 자들은 하나의 감상을 공유했다.

기마 돌격이라면 지난 며칠 동안 신물 나게 봐왔다고 생각했다.

마적들이 비록 제대로 훈련을 받은 기병은 아니라지만 창이나 월도 같은 중병과 기마가 만들어내는 무게감은 상당한 것이었으니까.

하지만 지금 저들이 만들어내는 압박감은 마적단의 돌격을 애들 장난으로 보이게 만들었다.

마적들의 절반도 안 될 숫자. 모두 합해야 백이나 될까 말까한 무리였지만 철갑으로 빈틈없이 전신을 뒤덮은 기병의 일제 거창과 돌격은 상대하는 자의 정신을 아득하게 만들었다.

무설은 그 모습을 가까이에서 보며 입안이 바짝 마르는 것을 느꼈다. 그간의 경험과 상상을 초월하는 모습.

거마와 거인, 백 자루의 창 앞에 서 있는 자신의 모습이 초라하게 느껴졌다.

두두두두두!!

언덕을 오르고 있음에도 가속이 더해졌다. 신마대의 돌격은 곧 지축을 뒤흔드는 진동이 되었다. 작은 돌조각이 바닥에서 튀어 오르는 것이 눈에 보일 지경이다.

하나, 혹은 둘 정도라면, 무리해서 셋 정도까지는 어떻게든 맞설 수 있을 테지만 진용을 이루어 달려드는 기병은 그런 소수를 어찌한다고 끝나는 문제가 아니었다.

전위를 베어도 그 뒤에는 더 많은 창이 있다. 거기에 베어 낸다고 해서 끝이 아니다.

저 거체는 생명을 잃고 난 뒤, 제어를 잃고 구르는 거대한 바위나 다름없는 것이 될 터였다.

등 뒤로 흐르는 식은땀을 느끼며 관일문이 다급하게 입을 열었다.

"제길! 모두 숲으로 들어가!"

저 돌격은 급조한 장벽과 단창 몇 자루로 막을 수 있는 것이 아니었다.

관일문이 그렇게 외치며 몸을 돌렸을 때 이미 단사천은 뒤도 돌아보지 않고 몸을 날리고 있었다. 귀갑신마대의 돌격과 거의 동시에 움직인 그였다.

일행은 반으로 나뉘어 좌우의 숲으로 몸을 던졌다. 곧이어 신마대가 마차와 수레로 틀어막은 길을 살얼음 깨부수듯 가볍게 부숴 버리며 지나갔다.

채 몸을 피하지 못한 자들은 그 폭거 앞에서 제대로 된 저항도 못 하고 말발굽에 짓밟혀, 순식간에 그 형체도 알아볼 수 없게 변했다.

마차의 잔해를 한참 지나치고 나서야 기세를 죽인 귀갑신마대는 천천히 돌아 다시 진형을 갖추었다. 쐐기꼴의 진형, 그 선두에는 구문정이 거창을 똑바로 든 채 내달리고 있었다.

진로는 단사천을 향해 똑바로 이어지는 직선이었다.

사이에는 숲이 있었지만 귀갑신마대는 숲을 앞두고도 멈추지도, 속도를 줄이지도 않은 채 그대로 잡목림을 향해 내달렸다.

그들은 빽빽이 들어찬 나무의 군집을 피할 생각도 없이 그대로 들이받았다.

쿠웅! 콰직! 쩌적!

'미친!'

이미 거목들이 부러져 쓰러지는 것을 보고 마음의 준비를 하고 있었지만 굉음과 함께 나무들이 쓰러지며 길이 만들어지는 꼴을 직접 보고 있으려니 정신이 아득해졌다.

"크하하핫! 이놈들! 네놈들도 남자라면 덤벼봐라! 어디까지 도망갈 생각이냐!"

구문정이 대소를 터뜨리며 도발해 왔지만 그 도발에 넘어가는 사람은 없었다.

말을 타고 장병으로 무장한 것까지는 마적들과 다를 바 없었지만 오직 그것만 같을 뿐이었다.

저건 마적들과 같은 기병이라고 부르기에 민망할 정도로 격차가 있었다.

그들이 상상한 기병의 범주를 아득히 벗어난 저들에게 달려들 정도로 담이 큰 자는 없었다.

하지만 언제까지고 도망칠 수는 없었다.

"곧 숲 바깥입니다!"

한 무사가 외쳤다. 애초부터 그리 크지 않은 숲이었다. 당연히 숲 속에서 이뤄진 추격전은 극히 짧았다.

그나마 다행인 것은 뒤쫓는 기마의 속도가 크게 줄어들었다는 점이다.

나무를 아무렇지도 않게 부수고 꺾어버렸지만 개활지에서 돌격을 시작할 때에 비하면 확연히 줄어든 기세와 속도였다.

'이대로 나가면 다시 개활지. 그나마 속도가 줄었을 때 싸우지 않으면 힘들겠군.'

슬쩍 주변의 무사들과 뒤에서 쫓아오는 신마대를 돌아본 무양자는 앞으로 나아가는 몸에 제동을 걸었다. 정면의 나무를 걷어차 속도를 죽이고 부러질 듯 꺾이는 그 탄력으로 뒤를 향해 신형을 쏘아냈다.

'평지로 나가면 몰살이겠어. 그나마 조금이라도 상황이 따를 때 움직여야 한다.'

무양자의 반전에 뒤를 따르던 사람들이 당황하며 속도를 줄였다가 이내 표정을 굳히고 무양자의 뒤를 따라 반전했다. 이대로 도망쳐 봐야 등을 내주고 무력하게 당할 뿐이라는 것을 그들도 깨달았다.

무양자의 바로 뒤를 따르던 일자배 제자들이 먼저였고, 무사들이 곧바로 뒤를 이었다. 단사천 등은 가장 마지막이었다. 여전히 미련을 버리지 못한 얼굴이었으나 다른 방법이 없다는 걸 알고 체념한 표정이었다.

"나를 지나쳐 통과하는 자들을 맡아라! 저것들의 힘은 밀집되어 있을 때 빛을 발한다! 각각의 거리가 벌어져 있을 때를 노려라!"

"하지만……."

일성이 창백하게 질린 안색으로 무양자의 안위를 염려했다.

일양의 검격에 흠집도 나지 않던 철갑이나 나무를 쓰러뜨리는 모습을 떠나서 무인 특유의 본능으로 귀갑신마대의 위험성을 느끼고 있었다.

"어서 내 말대로 움직여라!"

무양자의 말에 일성 등이 분분히 뒤로 물러섰다. 점창제일검에 대한 믿음 때문이었다.

"크하하핫! 그래도 마냥 겁쟁이들은 아니었나 보구나!"

구문정이 대소를 터뜨리며 거창을 양손으로 쥐고 크게 휘둘렀다.

창의 궤적에 걸려드는 나무들이 썩은 고목처럼 부서져 흩어졌다. 하늘 높이 치켜든 자세는 창이 아니라 대도라도 쓰는 것 같은 모습이다.

빈틈을 과시하듯 내보이는 구문정. 무양자는 눈을 빛내며 구문정이 내보이는 빈틈을 향해 참격을 내뻗었다. 백 보에 달하는 거리를 격하는 참격. 그에 맞서 구문정도 창을 내려찍었다.

퀴이이잉! 콰가가각!

무양자와 구문정 사이에 있던 나무 한 그루가 깨끗하게 베여 넘어가다 경력의 폭풍에 휘말려 수백 조각으로 깨지고 흩어졌다.

나뭇잎과 먼지가 사위를 가득 메우는 와중에도 무양자의 검은 멈추지 않았다.

키이이잉! 퍼엉! 퍼펑! 펑!

연속적으로 울리는 폭음. 그 사이에 강철이 깨지는 맑은 금속성, 사람과 말의 신음성이 섞였다.

먼지와 낙엽의 구름이 가까워질수록 속도는 빨라졌고, 허공을 수놓는 흑색의 선은 짙어졌다. 거칠 것 없는 무광검의 질주였다.

꽈앙! 꽝!

"크어억!"

폭음이 터지면 철기들이 하나씩 비명과 함께 옆으로 밀려났다.

갑주 덕에 죽음은 면했지만 움푹 파이거나 거친 검흔이 남아 있는 모습은 그 속이 결코 온전하지 못함을 보여주고 있었다.

"오오……!"

"이거라면……."

단신으로 일백 기의 중장기병을 막아서는 무양자의 신위에 무심코 흘러나온 감탄과 경악이었다. 검귀의 위명을 얻게 된 과거사를 엿본 것 같았다.

"큭! 준비해라! 온다!"

무양자의 다급한 외침에 넋을 놓고 있던 사람들이 겨우 정신을 되찾았다.

모두 제각각의 무기를 빼 들고 정면을 주시했다. 먼지구름 속에서 예의 그 땅울림이 다시금 시작됐다.

두두두!

무양자를 기준으로 좌우의 먼지구름이 폭발하며 귀갑신마대가 뛰쳐나왔다.

매끈하던 철갑은 곳곳이 흉측하게 파이거나 깎여 부서져 있었는데 무양자가 남긴 참격의 흔적임을 쉽게 짐작할 수 있었다.

귀갑신마대의 대원들은 겨우 단 한 명에게 진형이 무너지고 갑옷이 깨져 자존심에 금이라도 갔는지 직전보다도 한층 더 흉포한 기세로 돌진해 왔다.

그 기세도 일차적으로 무양자가 꺾어내고 있었지만 여전히 강맹하기는 마찬가지였다.

"혼천의 앞길을 막는 불신자 놈들에게는 죽음뿐이다!"

귀갑신마대는 무양자의 참격을 뚫고 나오면서 내상을 입었는지 목소리가 심하게 갈라졌다.

기마가 '쿵' 하고 발을 굴렀다. 땅거죽이 거칠게 파일 정도의 각력이 고수의 진각을 연상케 했다.

그다음은 돌진이었다. 기마의 거체가 일성의 정면으로 짓쳐들어왔다.

파밧!

일성은 그대로 몸을 뒤로 날렸다. 그리고 미리 확인해 둔 나무들 사이로 몸을 빼냈다.

기마병은 통과할 수 없는 틈새. 앞서 거목을 부숴 버리며 달리던 것을 확인했지만 내상을 입었다면 이야기가 조금 달라진다.

돌아서 오든 나무를 쓰러뜨리든 어느 쪽이라도 틈은 생길 터였다.

그때 부서진 면구의 틈으로 구문정이 이를 악무는 모습이 보였다.

꽈아아앙!

두 나무가 폭발하듯 무너졌다.

수백 조각의 파편이 비산하는 것을 확인한 일성이 그 속으로 몸을 던졌다.

무리를 했는지 횡으로 휘두른 철극이 부들부들 떨리고 있었다. 일성은 그 틈을 놓치지 않았다.

꽈드득!

어깨 뒤까지 당긴 검이 앞으로 달려가는 속도를 더해 내쏘아졌다.

검은 훤히 드러난 겨드랑이를 파고들었다. 갑옷이기에 어쩔 수 없는 가동 부위였다. 너무도 당연한 약점이었기에 안쪽에 쇄자갑을 덧대고 두꺼운 목면과 비단을 누벼놓아 어지간한 갑주 이상의 방어력을 갖췄지만 일류무인의 검을 막기에는 역부족이었다.

'이것은……!'

검이 완전히 팔을 꿰뚫었을 때다. 일성은 순간적으로 등골이 서늘해지는 느낌을 받았다.

위험을 경고하는 본능이었지만 주변에는 다른 철기도 없었다.

하지만 일성은 고민하는 대신 몸을 뒤로 빼냈다.

히이힝!

기수가 외마디 비명과 함께 쓰러지자 기마는 그대로 앞발을 들어 일성을 향해 휘둘렀다.

'말이……!'

쫘앙!

몸을 빼낸 일성을 대신해 나무 한 그루가 우지끈 부러져 버렸다.

콧김을 내뿜으며 투레질을 한 기마는 그가 알고 있는 말이 맞는지 의심스러울 정도로 살기 넘치는 눈빛을 하고 있었다.

하지만 계속 기마에 신경 쓰고 있을 여유 따위는 없었다. 무양자를 뚫고 뒤로 파고드는 철기가 하나둘 늘어나고 있었다.

두두두!

기마가 땅을 박차고 숲으로 짓쳐들어왔다.

빽빽이 들어선 나무들 사이로 괴물 같은 거구의 인마가 무서운 바람을 일으켰다.

'결국 피할 도리는 없나.'

싸우는 사람들을 방패로 삼아서 도망친다면 어떻게든 도망칠 수 있을 것 같기도 했지만 그는 그렇게까지 행동할 정도로 인성을 포기하지는 않았다.

'어떻게든 될 것 같기도 하고.'

"불신자 놈!"

고함 소리와 함께 달려드는 철기의 위용이 굉장했다. 무성하게 뻗은 나뭇가지 정도로는 그 돌진을 조금도 지체시킬 수 없었다.

하지만 전신 곳곳에 무양자의 칼침 자국이 남은 갑주는 단사천이 보기엔 구멍이 숭숭 뚫린 것 같았다.

위이잉! 꽈앙!

거창이 쳐들어왔다. 정면에서 받아내다가는 검과 함께 뼈가 부러질 것 같은 강한 일격. 단사천은 그대로 왼쪽으로 몸을 날렸다.

휘둘러지던 창대가 그대로 나무줄기를 때렸다. 꽝음이 아름드리나무를 뒤흔들었다.

몇 종류의 나뭇잎이 뒤섞여 우수수 쏟아져 내렸다. 단사천은 다시 나무 사이를 스쳐 지나가며 철기의 움직임을 유도했다.

'좋아!'

아니나 다를까, 거마에 거인은 딱 붙어 선 나무 사이로 통과하기는커녕 발이 묶였다. 운신이 어려운 것은 물론이고 거창을 휘두르기도 마땅치 않았다.

그렇다면 다음은 단사천의 독무대였다.

점창산의 숲에 익숙한 단사천의 몸놀림은 망설임이 없었다.

쿠이이이잉! 콰앙!

벼락이 치는 것 같은 굉음이 울려 퍼지고, 철기는 기마째로 옆으로 날려가 땅바닥에 고꾸라졌다.

무거운 소리가 울리고 말의 울부짖음이 섞였다. 기수는 찢기고 구겨진 철갑 속에서 핏물을 쏟아내며 더 이상 움직이지 않고 있었다.

죽지는 않았으나 그뿐이다. 움직일 수도 없었다.

"세상에⋯⋯!"

사형제들과 함께 한 기의 철기를 겨우 쓰러뜨린 일향은 벽력성에 고개를 돌렸다가 온몸에 소름이 돋는 것을 느꼈다.

귀갑신마대가 착용하고 있는 갑주는 보통 갑주가 아니다. 어지간한 칼질에는 홈집조차 나지 않는 물건이었는데 그것을 종잇장처럼 가볍게 구겨져 버렸다.

그녀가 아는 점창파의 쾌검은 저런 결과물을 만드는 검법이 아니었다.

그녀는 저와 같은 검력을 마주했을 때 자신이 할 수 있는 것이 무엇일지 알 수 없었다.

'더 빠르고, 더 무겁고, 더 강한⋯⋯.'

수유의 순간, 허공으로 흩어지는 자신의 육신을 바라보는 것이 다일 거라는 결론이 나왔다.

놀란 것은 철기를 상대하는 다른 사람들도 마찬가지였다. 직접 상대한 자들은 알았다. 저 철갑이 얼마나 말도 안 되는 수준의 물건인지.

어지간한 검력으로는 흠집도 낼 수 없는 갑주가 엉망진창으로 구겨진 모양에, 이제 더 놀랄 것이 없겠다 싶던 자들도 너무하다는 감정만이 들었다.

"개진(開陣)! 제삼(第三)!"

투구에 붉은 술을 달고 있는 조장 격인 인물의 입에서 다급한 명령이 떨어졌다.

귀갑신마대는 전문적으로 훈련을 받아온 자들이었다. 다대다, 다대일 등 여러 상황을 상정하고 훈련해 왔으며, 고수를 상대할 때의 움직임도 역시 훈련에 포함되어 있었다.

그의 명령과 더불어 제각각 움직이던 철기들이 삼 인 일 조로 뭉쳐 움직이기 시작했다.

강맹한 기세는 줄었지만 그만큼 정교한 움직임이 이어졌다.

귀갑신마대가 이와 같이 움직이기 시작하자 단사천 일행은 일방적으로 밀리기 시작했다.

신마대의 갑주를 뚫을 능력이 없는 용위단 무사들이나 호위 무사들은 버티기 급급했고, 그나마 관절의 가동 부위나 틈을 노릴 수 있는 실력자들도 톱니바퀴처럼 돌아가기 시작한 귀갑신마대를 상대로 우위를 점하지는 못했다.

"카학!"

"일단 방어에 집중하면서 놈을 몰아!"

무양자를 상대하기 위해 몰려 있는 철기들을 제외하면 단사천을 향해 모인 철기가 가장 많았다. 네 개 조, 열두 기의 철기가 세 방향에서 포위해 왔다. 몰려드는 놈들을 포함하면 숫자는 더 늘어났다.

'이러니까 광신도들은……!'

단사천은 혀를 차며 몸을 뒤로 빼냈다. 그러고는 나무 사이를 스치듯 달리며 만들어지기 시작한 포위망 바깥으로 빠져나갔다.

철기들도 살기와 투기를 넘실거리는 것치고는 냉정하게 포위망을 재조정하며 단사천을 쫓았다.

하나하나를 상대하는 것은 쉽다. 무광검기의 힘은 어중간한 피로나 상처는 개의치 않고 제멋대로 내달려 적을 분쇄하니까.

하지만 목숨을 아끼지 않는 것들이 둘이 되고 셋이 된다면 문제가 생긴다.

'가장 앞에 있는 것들은 아무래도 여차하면 자살 특공도

각오하고 있는 것 같고.'

아마 저 중에 몇몇이 베여 쓰러지더라도 그 시체를 방패 대신 사용할 것이 분명한 광기가 눈에 보였다.

단사천은 발을 멈추지 않고 계속해서 움직이며 틈틈이 손을 뻗었다.

내가 중수법이라도 배웠으면 훨씬 나았겠지만, 단사천이 지난 십 년간 배운 것이라고는 무광검도의 쾌검식밖에 없었다.

그런 고도의 수법을 검 끝으로 펼쳐내기엔 무리(武理)나 무학(武學)적인 역량이 부족했다.

카앙! 따당!

매섭게 내쏘아진 참격이었지만 수확은 없었다.

"젠장! 이 괴물 같은 놈!"

어떻게든 직격을 면한 철기 하나가 욕을 내뱉었다.

눈에 보이지도 않는 참격은 속도도 속도였지만 가볍게 내뻗는 손놀림이 무색하게도 전신을 뒤흔드는 무게까지 담고 있었다.

그나마 그는 힘을 줘서 버텨냈지만 개중에는 공격에 맞아 낙마해 땅을 나뒹굴거나 팔다리가 이상한 각도로 꺾인 자도 있었다.

강철의 몇 배나 되는 강도를 지닌 흑운철(黑雲鐵)로 만든 갑주조차 우그러뜨리는 범상치 않은 위력이다.

만약 방비가 모자라거나 빈틈을 허용하면 그대로 뜯겨 날아가도 이상할 게 없었다.

그런 섬뜩한 생각을 마친 철기들은 면구로 가려진 입가에 재미있다는 듯 웃음을 띠었다.

"이거 놀랍군! 과연 대적이라고 할 만하구나!"

그를 몰아세우듯 진격하는 철기들을 향해 단사천이 다시금 참격을 내쳤다.

가벼운 몸놀림. 전사나 진각 같은 무리가 담기지 않은 담백한 검격이었으나 하나같이 극도의 살상력을 품고 있었다.

바위 정도는 충분히 깨부수고 갈라 버릴 위력이었으나 철기들은 이번에는 간지럽다는 듯 방어조차 하지 않고 그대로 달려들었다.

단사천은 기겁하며 발을 급하게 놀렸다.

"그따위 것으로는 우리의 귀갑에 흠집도 낼 수 없다!"

한 철기가 자부심 가득한 목소리로 외쳤다.

하지만 다음 순간, 그 말을 외친 철기의 가슴에 흑선이 닿았다.

쫘아아앙!

홀로 앞으로 나와 연계가 어긋난 틈을 노린 일격이었다.

무광검기를 한가득 모아 발해진 검격이 철기의 훤히 드러난 얼굴에 직격했다.

면구가 사정없이 부서지고 피가 뿜어져 나왔다. 붉은 핏물 사이에 새하얀 이빨이 섞여 나왔다.

더 볼 것도 없는 즉사의 일격이었다.

기마가 기수의 죽음을 느끼곤 요란하게 내달렸다. 말이 아 니라 맹수 같은 흉포한 기세였으나 덕분에 비어버린 공간이 훤히 드러났다.

셋이 한 몸처럼 움직였기에 하나가 비어버린 틈새는 이전 보다도 훨씬 크고 결정적이었다.

철기들이 단사천을 향해 무모하게 창을 휘둘렀다. 하지만 단사천은 이미 바로 앞까지 파고든 지 오래였다.

머리 위를 스쳐 지나가는 굵직한 창대에 살짝 눈을 크게 뜨면서도 철기의 빈틈을 찾아 무자비하게 일격을 꽂아 넣었 다.

"극광(極光)."

나지막이 내뱉는 초식의 이름이 철기가 들은 마지막 말이 었다.

후예사일을 떠올리게 하는 자세에서 이어지는 극단적인 자 세의 찌르기는 어깨와 팔꿈치, 그리고 손목으로 이어지는 전 사경(纏絲勁)을 담고 그대로 철기의 명치 어림에 꽂혔다.

꿩뢰가 철기의 갑주를 꿰뚫어 틈새를 만드는 순간, 회오리

치듯 둘러쳐진 무광검기가 사방으로 비산했다. 갑주의 작은 틈새로 무광검기의 폭주를 전부 받아낸 철기의 몸이 반으로 갈라졌다.

아무리 엄청난 갑주를 두르고 있더라도 이런 방식에는 대응할 수 없었다.

철기의 상반신이 먼저 말에서 미끄러져 쓰러지고 곧이어 하반신도 말 등에서 떨어졌다.

'사부한테 배워놓길 잘한 것 같네. 그냥 최적의 선을 따라서 휘두를 때에 비하면 반동도 적고.'

단순히 속도만을 놓고 본다면 이런 일정한 형태로 가다듬은 초식들은 감각과 본능만으로 내친 것에 비해 느리다. 그렇지만 그 속도를 만회할 수 있을 정도의 다른 것이 담겨 있기도 했다.

단사천은 철기의 상반신이 땅에 닿기도 전에 다음 표적을 향해 움직였다.

단사천의 뒤를 노리고 달려든 다른 철기의 공격이 허무하게 허공을 갈랐다.

부아아앙!

거칠게 허공을 찢는 파공성에 머리카락이 휘말려 흩날렸지만 그뿐이었다.

"이익!"

잇달아 공격이 날아들었다.

그 둔중해 보이는 거체에 비해 무서울 정도로 빠르고 빈틈없는 연공.

게다가 지치지도 않는지 속도가 줄어들 생각조차 하지 않았다.

얼마든지 눈으로 좇을 수 있는 속도. 피하는 데 문제는 없지만 굵은 나뭇가지를 몇 개씩 꺾어 부수는 위력에 선뜻 발을 옮기기가 꺼려졌다.

한순간의 판단 실수가 생명의 위기로 직결되는 공방 속에서 단사천은 상대의 움직임을 예측하려는 사고를 그만두었다.

그 대신 자신의 감각에 모든 의식을 집중했다.

모든 사물의 움직임이 천천히 느려지는 시계(視界). 전신에 무광검기를 팽팽하게 휘돌리고 있는 자만이 알 수 있는 극한의 상태였다.

'여기!'

눈으로 보고 검을 내뻗는다.

볼 수 있다면 벨 수도 있다. 무광검도는 견즉참(見卽斬)의 일방적인 폭력을 가능하게 만드는 진정한 절정의 검도였다.

츠츠츳! 카각!

내찌르는 창을 긁듯 달라붙어 검을 휘둘렀다. 연격의 빈틈을 꿰뚫은 단사천의 검이 철기의 아랫배를 베어냈다.

　귀에 거슬리는 소음과 함께 얇은 실선이 그어졌고 그 사이로 핏물이 새어 나왔다.

八. 한계

무양자는 이 숲에서 벌어지는 싸움판에서 누구보다 격렬
하게 싸우고 있었다.

　'역시 한 점에 집중시키지 않은 검초로는 쓰러뜨릴 수 없
나.'

　귀갑신마대의 돌진을 막기 위해 내뻗은 것은 단사천이 태
산에서 보인 수적석천의 개량이었다.

　한 점이 아니라 사방으로 흩뿌리는 형태였기에 어떻게든
위력을 올려보기 위해 힘과 내공을 쥐어짜 냈지만, 이걸로 쓰
러진 철기는 없었다.

몇몇이 낙마하기는 했으나 전투 불능의 중상을 입은 자는 없었다.

저 방어를 부수기 위해서는 제대로 빈틈을 찌르거나 방어조차 불가능한 압도적인 힘으로 짓눌러야 했다. 무게가 실리지 않은 어설픈 공격으로는 갑주에 흠집도 내기 힘들었다.

놈들도 그걸 알고 있었다.

수적 우위를 바탕으로 동귀어진까지 각오하며 달려드는 철기들.

이전처럼 여러 표적을 동시에 노려 낙마시키는 것은 어렵지 않았지만 그런 어중간한 방식으로는 체력만 낭비할 뿐이었다.

그럼 어떻게 해야 하는가. 고민의 대답은 바로 먼지구름이었다.

사방에 무수하게 피어오른 먼지 속에서 무양자는 검을 내뻗었다. 검게 물든 철검이 먼지구름 속으로 뻗어간 순간 비명과 함께 거친 소리가 울려 퍼졌다.

"꺼억!"

쿠웅!

한 치 앞도 제대로 보이지 않았지만 기척을 느끼는 것만으로도 철기의 움직임을 전부 꿰뚫어 본 무양자에게 철기들은 덩치 큰 표적에 지나지 않았다.

땅을 차며 내뻗은 참격이 철갑마의 목을 베어낼 기세로 꽂혔다.

까아앙!

히히힝!

사람의 몸에 두른 것보다도 두꺼운 철갑은 무양자의 검격에도 흠집 하나 나지 않았지만 그렇다고 그 속에까지 충격이 없는 것은 아니었다.

움푹 파인 마주에서 알 수 있는 위력, 이 일격으로 기마의 목 근육과 뼈가 완전히 박살 났다.

쓰러지는 기마를 타 넘으며 무양자는 다음 표적의 기척을 좇았다.

연막을 방패 삼아 다가가 검격을 내쳤다. 노린 대로 칼날이 철기의 빈틈에 박혔다. 하지만 손끝에 전해지는 감각이 무서울 정도로 단단했다.

'조금 빗나갔나.'

아무리 전력을 다하진 않았다고 하나, 타점이 조금 빗나가는 정도였을 텐데. 도중에 칼날이 멈춰 버리다니.

경악스러운 갑옷의 강도에 무심코 침음을 흘린 무양자는 철기의 본능적인 반격을 피하며 신형을 뒤집었다. 허공에 철기의 반격을 흘려보내고 다시금 빈틈을 노려 칼날을 찔러 넣었다.

처음 일격도 상당한 내공이 담겼지만 이번 것은 거의 전력으로 내친 것이었다.

목을 보호하기 위해 덧댄 철판을 가볍게 뚫어버린 무양자의 검에 철기의 눈이 크게 뜨였다.

";......!"

턱이 빠져라 벌린 입에서는 비명 대신 바람 빠지는 소리가 새어 나왔다.

'이제 둘.'

그러나 남은 적은 미간이 찌푸려질 정도로 많았다. 기감을 후려치는 것 같은 거대한 기척은 줄어든 티도 나지 않았다.

무심코 한숨이 나올 지경이었으나 전황은 그런 자그마한 틈조차 주지 않았다.

단사천이 있는 방향에서 엄청난 외침이 들렸다. 사자후(獅子吼)였다.

소리와 함께 충격파가 일대를 휩쓸었다. 무양자도 떨릴 정도로 강력한 위력.

어느 한 곳을 중심으로 거대한 동심원을 그리며 퍼져 나간 외침은 일대의 흙먼지까지 날려 버렸다.

동심원의 중심에는 신마대주 구문정이 오연하게 서 있었다. 그는 면구를 벗고 있었는데 얼굴에는 득의양양한 웃음을 띠고 있었다.

"찾았다!"

모습이 훤히 드러난 무양자를 향해 철기 셋이 달려들었다.

하나 셋이 전부가 아니었다. 그들을 방패로 삼아 뒤에서 달려드는 철기까지 합치면 십여 기는 되었다.

그 거대한 체구가 있으니 셋 이상으로 둘러쌀 수는 없겠으나 다수를 상대하는 상황은 불리할 수밖에 없었다.

운 나쁘게 한 대라도 허용했다가는 그대로 치명상으로 이어질 긴장감. 그런 긴장감 속에서 무양자는 일방적인 방어전을 펼치며 근처를 둘러봤다.

'제자 녀석은?'

단사천의 기척을 좇아 슬쩍 고개를 돌려 확인하니 지난 며칠 사이 가르친 초식이나 기술들을 능숙하게 사용하는 모습이 보였다.

철기의 공격을 전부 피하고 흘러내니 상대의 자세가 무너졌고, 재차 공격하려는 순간을 노려 그대로 찔러 넣었다.

어깨의 갑주 사이를 비집고 들어간 검날을 타고 핏물이 흐르기도 전에 그대로 무광검기가 폭발했다.

화탄이라도 터진 듯한 굉음과 함께 갑주와 함께 혈육이 비산했다.

어깨와 함께 머리 반쪽이 날아간 철기가 쓰러졌다. 그새

벌써 셋이나 쓰러뜨렸다. 다른 자들은 물론이고 무양자보다
도 빠른 속도였다.

철기들도 그런 상황은 예상치 못했는지 정신을 빼앗기고
당황한 상태였다.

당황해 발이 멈춘 철기들 사이로 단사천이 움직였다. 무양
자를 향해 달린 단사천은 달리던 기세를 죽이지 않고 그대로
무양자를 향해 창을 휘두르려는 철기의 팔에 일격을 먹이며
그의 옆을 스쳐 달려갔다.

그사이, 정말 짧은 순간 두 사제의 눈이 마주쳤다. 서로의
의중을 확실히 파악하기에는 무리가 있는 시선 교환이었으나
멋으로 십 년을 함께 살아온 것이 아니었다. 대략적인 짐작
정도는, 간단한 의도 정도는 읽을 수 있었다.

무양자는 단사천과 자리를 바꾸듯이 반대 방향으로 몸을
돌려 서로의 표적을 향해 튀어나갔다.

무양자의 검이 노리는 것은 단사천이 빈틈을 만들어놓은
철기였다. 그 대신 지금까지 대치하고 있던 두 기의 철기를
향해 등을 보이게 되었으나 무양자는 망설이지 않았다. 단사
천의 무위을 이 자리의 누구보다도 깊게 이해하고 있는 그였
다.

단사천은 제자이기 이전에 등을 믿고 맡길 수 있는 무사
였다.

그대로 당황해 굳어 있는 철기의 목을 전력이 담긴 극광이 꿰뚫었다. 단사천의 그것과 달리 철갑을 뚫는 작은 소음도 없었으나 결과는 지대했다. 무양자의 막대한 진기는 눈으로 보기도 힘들 정도의 작은 구멍을 만들고 그 안에서 폭발했다.

투구 안에서 폭포수처럼 흘러내리는 핏물. 철기의 머리는 그대로 곤죽으로 화했다.

'이걸로 넷.'

무양자는 그의 등 뒤에서 검막을 펼쳐 적을 견제하던 단사천과 자연스레 등을 맞댔다.

"역시 넌 무인 체질이다."

"그럴 리가요."

힘이 전혀 느껴지지 않는 대답을 무시하고 무양자는 눈동자만 움직여 주변을 훑었다. 단사천을 쫓아온 철기가 합쳐지자 두 사람을 상대하기 위해 신마대 대부분의 철기들이 모인 꼴이 되었다. 투구에 붉은 수실을 흩날리는 조장급도 적지 않게 보였다.

빽빽한 나무 사이로 또 철기들이 빽빽하게 들어찼다. 주변의 다른 일행은 보이지 않았으나 지휘관 급의 가장 위험해 보이는 것들은 모두 여기 모여 있었다. 걱정할 필요는 없어보였다.

"이거 꽤 힘들겠다."

무양자는 그렇게 중얼거렸지만 곧바로 얼굴에 떠올린 표정은 히죽거리는 느낌이 어울리는 웃음이었다. 입산수련에 삶을 바친 구도자(求道者)라기보다는 무인의 얼굴, 싸움에서 존재 의미를 찾는 검귀의 얼굴이었다.

어깨 너머로 사부의 얼굴을 엿본 단사천은 의욕 없는 얼굴로 미간을 한껏 찌푸렸으나 무어라 말을 하지는 않았다.

그 말에 딴죽을 걸기보다는 전투에 집중하는 편을 택했다.

귀갑신마대와 서로 마주 보고 있던 처음과는 다르게 지금은 사방이 포위당한 상태였다.

등을 맞댄 사부의 존재는 믿음직하지만 수적인 열세에 더해 체력적인 소모까지 생각하면 한순간의 방심이 치명적으로 이어질 수 있었다.

거기에 이미 주변은 그 잠깐 사이의 공방으로 완전히 폐허가 되어 있었다. 기마가 달리기엔 충분치 않으나 그래도 유무의 차이는 상당히 컸다.

'벌써 진형을⋯⋯.'

귀갑신마대는 어느새 당황함을 털어내고 침착하게 가라앉은 눈동자로 그를 주시하고 있었다. 철기들이 진형을 이룬 채 천천히 압박해 오고 있었다.

조용히 한숨을 내쉬고 자세를 가다듬던 단사천의 귀에 무양자의 음성이 들렸다. 들린다고 해야 할까, 귓가를 파고드는 듯한 목소리였다.

[갈라지자.]

고개를 돌려 반문할 시간도 없었다. 이미 무양자는 귀갑신마대의 우두머리 구문정을 목표로 삼아 뛰쳐나가고 있었다. 무양자가 움직이기 시작한 이상 그도 움직여야 했다. 단사천이 할 수 있는 것은 그저 거칠게 굉뢰를 뽑아 그 검기를 흩뿌리는 것뿐이었다.

콰아앙!

폭음과 함께 한 번 걷힌 먼지구름이 다시 피어올랐다. 손끝에 느껴지는 감각이 있었다. 철갑이 우그러들고 그 밑에 있을 근육과 뼈가 어긋나는 감촉이 확실하게 손을 타고 올라왔다.

그 감촉을 느끼면서 단사천은 확신했다.

'일격으로 쓰러뜨리진 못했어도 이 정도면 충분히 타격을 줬겠지.'

지금까지 몇이나 되는 철기를 쓰러뜨리며 얻게 된 확신이었다.

상대의 반응을 불허하는 무광검도의 속도를 따라잡아 막

아낼 수 있는 자는 없었고, 검격에 제대로 버텨낸 자도 드물었다.

그런데 이번에는 뭔가 달랐다.

콰아아앙!

지표가 크게 울렸다.

직감이 위험을 감지했고, 단사천은 망설임 없이 옆으로 몸을 날렸다.

제대로 보법을 밟을 겨를도 없어 볼품없고 수치스러운 모습이었으나 직후 그가 서 있던 자리가 터져 나가는 것을 보곤 안도의 한숨을 흘려냈다.

그것은 주변 몇 치의 땅거죽이 뒤집힐 정도로 강렬한 투창이었다. 일 장 반에 이르던 거창이 반 이상 땅에 박혀 있었다.

'…효과가 없다고?'

단사천은 잠시 상황을 잊은 채 경악에 휩싸였다.

힘의 가감도 없이 거칠게 내친 참격이었다. 앞선 경험을 기반으로 생각한다면 충분한 효과를 봐야 할 공격이었다. 단사천은 당황하며 정면을 주시했다.

먼지구름을 뚫고 나타난 철기는 한 손이 이상한 방향으로 꺾인 상태 그대로 말을 몰아 달려들고 있었다.

먼지구름 사이로 차례차례 모습을 드러낸 다른 철기들도

마찬가지였다.

투구와 면구가 깨져 드러난 얼굴에 비 오듯 피를 흘리고 있는 자도 있었고, 아예 의식을 잃은 듯 말 위에서 사지를 덜렁거리는 이도 있었다. 그럼에도 그들은 기세등등하게 내달려 왔다.

이유는 곧 알 수 있었다. 정신을 잃은 자들의 뒤를 그림자처럼 따라붙어 달리는 모습. 동료를 방패 대신으로 삼아 돌격해 오는 광경이 보였다.

"칵! 이대로 몰아붙여!!"

"짓밟아 버려!"

핏물이 끓는 외침에 호응하듯 전면에 선 철기들의 입에서도 외침이 터져 나왔다. 말로 성립되지 않는 포효였다.

저들이 광신도라는 건 이미 잘 알고 있다고 생각했다. 하지만 그 알고 있음을 의심케 할 정도로 광기 섞인 모습이었다.

'이런 미친놈들!'

돌진해 온 철기들은 단사천의 눈앞에서 방패로 쓰이던 동료의 몸을 내던졌다. 이미 절명한 자도 있었고 의식이 남은 자들도 있었다.

하지만 그들은 동료를 던져 버리는 것에 망설이지 않았다. 기마들은 등이 가벼워진 만큼 더 힘차게 땅을 짓밟으며 달려왔다.

그 과정에서 바닥에 고꾸라진 그들의 동료가 짓밟혀 곤죽이 되었음에도, 신경 쓰지 않고 그저 내달렸다. 이런 건 전술이나 기술이 아니었다. 효과적인 자살행위에 지나지 않았다.

퀴이이잉! 펑! 퍼엉!

"크아악!"

"썩을!"

"투구가 반이나 파였잖아!"

"짓뭉개 주마!"

몇 차례의 검격이 선두에 선 철기들을 쓰러뜨렸지만 뒤에서 산사태처럼 밀려오는 나머지 철기의 진군을 막을 수는 없었다.

'이거 위험한데. 정말로 위험해.'

뒤로 물러난다는 선택지는 없었다. 기마보다 빨리 달릴 수도 없거니와 이미 숲의 가장자리였다. 몇 장만 더 물러나면 평야가 펼쳐진다.

이렇게 되면 선택의 여지가 없다.

요 며칠간 쉴 틈 없이 무광검기를 끌어내 쓴 탓에 혈도의 상태는 만신창이였으나 더는 어쩔 수 없었다. 뒷일을 생각하며 싸울 수 있는 여유 따위는 이제 한 줌도 남아 있지 않왔다.

'전력으로⋯⋯!'

쿠웅!

"큽!"

기다렸다는 듯 무광검기가 전신을 내달렸다. 무광검기의
난폭한 기운은 예상 그대로였다.

기껏 처치를 끝내놓은 혈도를 무자비하게 찢어발기며 거세
게 용트림했다.

콰아아아!

폭포가 떨어지는 것 같은 착각이 들 정도로 맹렬한 기세의
무광검기가 내달렸다. 며칠간 과도하게 사용한 호체보신결의
진기로는 그 충격을 완전히 해소하지 못했다.

충격과 통증으로 전신이 잘게 떨렸다. 흔들림은 점차 커졌
고, 그에 비례해 단전 밑바닥에서부터 솟아오르는 거력이 전
신을 휩쓸었다.

"⋯으으으!"

채 억누르지 못해 신음 소리가 새어 나왔다. 고통과 멈출
수 없는 힘이 강제로 입을 열어젖히고 흘러나왔다.

형태 없는 힘, 그 자체가 흘러넘치며 사방에 날카로운 존재
감을 뿌려댔다.

갑작스레 움직임을 멈춘 대적자(對敵者)를 보며 신마대의 철기들은 옅은 의문을 떠올렸으나 그 의문은 한순간에 사라졌다.

이미 단사천과의 거리는 일 장도 되지 않을 정도로 가까워졌다. 더 이상 참격으로는 막을 수 없는 거리까지 도달했다고 판단한 철기는 창을 쥔 손에 힘을 더하며 곧게 내뻗었다.

"…으아아아!"

갑작스러운 포효의 다음 순간, 창이 폭발했다. 수백 조각으로 박살 나서 비산하는 철 조각들을 바라보며 철기는 무슨 일이 있었는가, 하는 의문을 떠올렸으나 해답을 얻지는 못했다.

그 대신 전신에 충격이 달리고 시야가 암전했다.

꽈아아앙!

폭음이 터지고 단사천의 정면에서 창을 내뻗으며 달려들던 철기들이 그들의 기마와 함께 허공으로 튕겨 나갔다. 한순간에 핏물과 철편, 살점이 벽을 이뤄 뒤따르던 철기들을 덮쳤다.

전신을 거세게 두드리는 파편들.

보통의 기마를 훨씬 넘어서는 압도적인 각력과 훈련도로 기마들이 날뛰지는 않았으나 기세등등하던 돌격이 멈추는

것은 어쩔 도리가 없었다. 휩쓸려 넘어지는 자가 없는 것만
으로도 다행이었다.

"전원 경계!"

하늘 높이 치솟은 붉은 장막은 몇 초 되지 않아 걷혔다.
그곳에 서 있는 것은 인간이었으되 인간 같지 않은 자였다.

"투창 후 돌격 준비!"

그렇게 외치는 철기의 목소리에는 경악과 공포가 서려 있
었다. 허공을 나는 기마의 모습에 광기와 혈기조차 가라앉을
지경이었다.

단사천의 모습은 그 잠깐 사이 상당히 변해 있었다.

전신에서 내뿜는 날카로운 기파에 옷자락이 갈라져 피부
가 드러나고 있었는데 피부에는 핏줄이 도드라져 있었다. 진
기의 순환과 혈류가 거세졌음을 보여주는 듯 눈이 충혈됐고
입과 코에서는 피가 흘러내리고 있었다.

온몸 곳곳에 난 잔 상처에서도 흐르는 피가 보통이 아니었
다. 그리고 그 핏물은 피부 밖으로 나옴과 동시에 날카로운
기파에 걸려 폭발하듯 터져 흩어졌다.

얼핏 본다면, 핏빛 안개를 머금고 있는 것 같은 모습. 마인
보다 더 마인스러운 모습이었다.

겉으로 본다면 내상을 간신히 억누르는 모습처럼 보였으나
얼음으로 만든 수천 자루의 칼날이 쏟아지는 것 같은 기파

는 덜덜 떨리고 있는 단사천의 몸이 보이지 않을 정도로 충격적이었다. 위험을 알리는 본능이 매섭게 경종을 울리고 있었다.

철기들은 본능을 억누르기 위해 마기를 한껏 끌어 올려 마음을 격동시켰다.

거칠게 널뛰는 호흡과 함께 공포가 열어졌다.

"투척!"

하나의 덩어리를 이룬 신마대의 진형에서 허공을 격하고 날아드는 짧은 단창들이 흑우(黑雨)가 되어 단사천을 향해 치달았다.

무작위로 쏟아져 내리는 것 같으나 일정한 형식에 맞춰 그물을 짜내는 합격술이었다. 심동의 와중에도 흔들림 없는 손속은 칭찬할 만한 것이었으나 그들이 원하는 결과는 나오지 않았다.

자신을 향해 쏟아지는 강철의 비에 맞춰 검을 내질렀다.

이래에서 위로 쳐올리는 흑선은 존재를 깨달은 순간 투창의 숫자를 뛰어넘어 허공을 덧칠하고 있었다.

쩡! 쩌정!

흑선은 다시없을 흉성을 뿜내듯 자루까지 철로 만들어진 단창들을 꿰뚫고, 꺾고, 부쉈다.

수없이 난립한 흑선의 교차는 이미 부러지고 망가진 철창

들조차도 놔주지 않았다.

콩을 볶는 것 같은 소음이 한차례 울려 퍼지는 사이, 결국 허공에 남은 것은 수천 조각으로 박살 나 원형을 짐작할 수도 없는 단창의 잔해뿐.

단사천의 주위에 흩날리는 철가루가 햇빛을 반사하며 번쩍였다.

무수한 참격의 위력에 의한 반동인지 느릿하게 몸을 일으키는 단사천을 보며 철기들은 눈앞에서 도산검림(刀山劍林)이 솟구치는 느낌을 받아야만 했다.

일개 개인의 것이라 믿을 수 없을 정도로 강렬한 존재감에 압도되어, 투창 이후에 틈을 노려 행했어야 할 돌격은 시도조차 하지 못했다.

"이 녀석, 정말로 인간이냐?"

주변 모든 사람의 마음을 대변하듯 철기 하나가 전율에 젖은 목소리로 말했다. 그 한마디 말이 그 철기의 운명을 결정했다.

외침이 터져 나오는 것에 반응해 단사천의 고개가 거칠게 그를 향했다.

붉게 충혈된 눈이 이미 표적을 향해 고정되어 있었다.

"…으아아앗!"

패기나 현기, 살기도 담기지 않은, 그저 속에 가득한 것을 토하는 것 같은 외침의 다음 순간, 흑색의 선이 철기와 단사천 사이에 놓인 이십여 걸음의 거리를 격했다.

쩌어어엉!

굉음과 강렬한 바람이 동시에 들이닥쳤다. 폭풍에서 벗어나 정신을 차렸을 때엔 이미 방금 소리친 철기의 몸이 흑선에 꿰뚫려 그대로 뒤로 날려가고 있었다.

길게 흩뿌리는 핏물과 부서진 갑옷의 조각이 점점이 흩뿌려졌다.

아름드리나무에 부딪쳐 그것을 꺾어버리고 나서야 그 몸이 겨우 땅에 처박혔다.

땅에 떨어진 그 철기는 이미 생명이 없었다. 명치 어림, 가장 두꺼운 흉갑의 중앙을 깨부순 일격. 내장과 흉골, 늑골이 처참히 박살났다.

즉사였다.

단사천은 한 호흡도 쉬지 않고 바로 다음 목표를 향해 행동을 개시했다. 땅을 박차고 다음 표적을 사정권에 넣은 그는 곧장 일체의 허식이 없는 횡 베기로 철기의 방어를 거칠게 부쉈다. 검력이 갑옷을 관통하여 내부를 조각냈다.

거칠게 흔들리는 검의 궤적은 이미 최적의 선은 벗어났으나, 불규칙하게 사방으로 퍼져 나가는 난잡한 흑색의 검격은 파괴와 죽음의 폭풍우와 다름이 없었다.

참격 한 번에 철기 하나가 말과 함께 베이고, 또 다른 일 검이 갑옷을 종잇장처럼 가르고 몸을 꿰뚫었다. 오십을 넘는 귀갑신마대의 철기들이 그들 사이를 가로지르며 날뛰는 단사천 한 명에게 휘저어지고 있었다.

멈출 수 없는 파괴와 죽음의 향연 앞에서 혼란에 빠진 철기들.

그런 철기들을 노리고 한 번에 하나씩 적을 정리해 나가는 단사천의 전과는 어느새 무양자의 그것을 넘어섰다.

이 자리에 있던 모든 존재가 단사천의 속도를 따라잡지 못했다. 단 한 사람, 단사천의 속도를 따라잡을 수 있는 사람이 있었으나 그는 차분히 단사천의 검격을 살필 여유가 없었다.

'녀석, 무리하는군. 아니, 무리할 수밖에 없었는가.'

구문정을 향해 검격을 날리고 거리를 벌린 무양자는 슬쩍 제자의 상태를 살펴보고는 초조함을 품었다.

제한을 두지 않고 풀어놓은 무광검기는 굉장한 힘이다. 천근을 넘는 인마(人馬)를 휙휙 날려 버릴 정도로, 무수한 철기들을 압도할 정도로. 그러나 그만큼의 대가 또한 따른다.

무광검도와 무광검기는 비정상적인 무공이다. 정도를 벗어나도 한참 벗어난 외도(外道)의 일부였다.

기본이 되는 사상부터 길을 벗어나 있었다는 걸 그만큼 잘 아는 자는 없었다.

지금 단사천이 하는 것처럼 무광검기를 극한까지 끌어내 폭주하면 후폭풍이 어떻게 되돌아올지 무양자는 누구보다 잘 알고 있었다.

수십 년의 시간을 들여 그릇을 만든 그도 무광검기를 제대로 끌어 올리면 후유증이 심각할 정도로 남는다. 아무리 단사천이 천부적인 재능과 지원으로 그릇을 만들었다고 해도 그 일련의 인과는 벗어날 수 없었다.

그릇이 크면 클수록, 단단하면 단단할수록 무광검기는 더 폭급하게 날뛰고 또 내달리니까.

실제로 단사천은 제대로 허용한 공격이 하나도 없음에도 몸 여기저기에 잔뜩 피가 묻어 있었다.

반 이상은 마인들의 피였지만 나머지 반은 단사천의 피였다.

코와 입에서 흐르던 피는 이제 눈과 귀에서도 흘러나오고 있었다. 그리고 작은 생채기에서도 피가 흐르기 시작했다.

어지럽게 흔들리는 기도로 볼 때 이제 한계가 가까워졌을 것이다.

그리고 한계를 넘어서는 순간, 단사천은 손가락 하나 까딱 할 힘도 남아 있지 않을 것이다.

지금 당장의 상황은 압도적이었다. 또 하나의 철기가 목이 부러지며 몸이 축 늘어졌다. 폭음과 충격음이 이어지는 짧은 시간, 겨우 반각도 되지 않는 잠깐 사이에 죽은 자는 삼십, 아니, 사십에 가까웠다.

단사천을 포위한 숫자는 오십이 넘었지만 지금 제대로 서 있는 것은 겨우 열 명 남짓이다.

난무하는 거대한 힘의 향연 앞에서 철기들은 저항할 도리가 없는 종이 인형 같았다. 하지만 그렇다고 해도 겨우 절반이 쓰러졌을 뿐이었다.

단사천의 손과 발이 멈추는 순간, 파국이 시작될 터였다.

그때를 위해서라도 무양자는 언제고 움직일 수 있게 준비해 두어야 했다.

'하지만 이래서야……'

그러나 눈앞에서 그를 노려보는 구문정의 존재가 그것을 방해했다.

카아앙! 퍼엉!

불가시(不可視)의 일격이 구문정의 전신을 뒤흔들었다. 궤도에 끼워 넣은 십자창이 부르르 떨릴 정도의 충격을 억누르기 위해 구문정은 창을 크게 휘둘러 경력을 흩어냈다.

그리고 경력의 해소를 돕듯 기마가 마치 무공 고수처럼 현란한 발놀림을 내보였다.

아니, 저 기마는 무공을 펼치는 것이 맞았다. 말의 네 발이라 알아보기 힘들었으나 저것은 분명한 무리(武理)가 담긴 보법의 일종이었다.

말이 보법을 펼친다니 누구도 믿어주지 않을 이야기였지만 눈으로 보고 있는 것을 부정할 수는 없었다. 그것도 어중간한 수준이 아니라 어디에서나 뛰어나다는 소리를 들을 수 있는 보법이다.

앞서 몇 번이나 구문정을 벨 결정적인 기회를 놓친 것은 오로지 저 말 때문이었다.

'영물, 아니, 마물(魔物)인가? 저것만 없었어도…….'

무양자는 말의 눈을 살피며 생각했다.

지성과 힘은 있으나 눈동자에 깃든 것은 현기가 아니라 흉성이고 살기였다.

쩌어엉!

"한눈팔 여유가 있나 보군!"

잠시 눈을 아래로 돌리자마자 구문정이 두 팔을 내려쳤다. 기둥 같은 창이 떨어져 내렸다. 무양자는 바로 옆으로 뛰어 회피했다.

큰 움직임에 자세가 무너졌지만 어쩔 수 없었다.

저 창에 휘감긴 경력은 스치는 것도 용납하지 않을 기운이었다.

거리를 벌렸으나 그곳에는 벌써부터 다른 철기가 기다리고 있었다. 기마의 앞발이 그를 밟으려 허공을 휘젓는 사이, 무양자는 기마의 다리 사이를 곡예와 같은 움직임으로 빠져나갔다.

마지막에 뒷발길질을 허용할 뻔한 것은 그의 정신이 아직도 반쯤 다른 곳에 가 있는 탓이었다.

그것을 자각한 무양자는 뒤로 크게 물러나며 오히려 단사천과 거리를 뒀다. 그리고 입술을 피가 배어나올 정도로 강하게 깨물었다. 비릿한 피 맛이 입안에 퍼지자 조금 정신이 가라앉는 듯했다.

'제자 녀석이 쉽게 죽을 리 없지.'

하지만 위험한 건 사실이었다.

그사이 단사천은 또 철기를 두 명인가 더 쓰러뜨려 놨으나 주변에서 호위 무사들을 베어 넘긴 철기들이 합류하며 오히려 숫자는 늘어난 상태였다.

겹겹이 쌓인 철기들의 벽. 이미 느려지는 것이 눈에 보이는 단사천이 어떻게 할 수 있는 숫자가 아니었다.

언제까지 버틸 수 있을까? 다른 사람들은? 무언가 수단은? 이럴 때 쓸 수 있을 법한 기술을 가르쳐 줘야 했나?

꼬리에 꼬리를 물고 이어지려는 상념에 무양자는 다시 입술을 깨물었다. 상처가 더 크게 벌어지며 피가 울컥 솟았다.

통증에 정신을 집중하고 잠시 숨을 고른 무양자는 눈을 빛내며 자세를 고쳤다.

'우선은 최대한 빠르게 제자 놈과 합류하는 것만 생각한다. 뒷일은 저놈을 쓰러뜨리고 난 다음에 생각해도 돼.'

죄어드는 속을 가라앉히고 우선 자세를 취했다. 언제라도 검을 뽑아 들 수 있게 전신을 긴장시키는 자세였다.

무광검도의 자세라고도 생각할 수 있었으나 무광검도는 언제, 어떤 상황에서도 내칠 수 있는 것이다.

최속의 자세는 존재하지만 그 외에는 아무런 제약도 없는 것이 무광검도였다. 그저 무양자의 각오를 내비치는 모습이었다.

"이 어르신이 많이 바쁘구나. 그러니 빨리 끝내주마."

"그럴 수야 없지. 제자가 걱정되는 건 알겠지만 수라문 놈들만큼은 아니어도 우리도 칼끝에 목숨을 거는 짓거리는 충분히 좋아하거든. 좀 놀아달라고, 늙은 검귀."

바람 빠지는 웃음과 함께 창을 고쳐 잡은 순간, 구문정의 몸이 허공을 날았다.

*   *   *

하늘을 나는 것.

인간에게는 허락되지 않은 일이다.

경공에 조예가 깊은 고수들이나 일시적인 부유감을 느낄 수 있는 것이 전부일 뿐, 새처럼 하늘을 나는 것은 인간이 할 수 없는 일이었다.

하물며 기마를 다리 대신으로 삼은 구문정에게는 더더욱 그랬다.

백 근은 족히 나가는 갑주에 몇 종류의 병장기를 더하면 백수십 근에 달하는 무장이다. 훌훌 날아다니는 경공은 그에게 어울리지 않는 일이었다.

그렇기에 정신을 차리는 것이 늦었다.

엄청난 충격과 함께 잠시 정신이 날아갔다. 엄청난 굉음을 지근거리에서 들었는지 귓가에 이명만이 남아 있었다.

의식이 소실된 순간은 기껏해야 손가락을 한 번 튕길 정도의 시간, 탄지(彈指)의 시간에 지나지 않았다.

하지만 그의 몸과 기마가 동시에 허공에 떠올랐음을 깨닫고 당황한 시간을 포함한다면 족히 그 세 배의 시간이 흘렀다. 간신히 정신을 차리고 황급히 무양자의 모습을 좇았지만 무양자는 깊게 침전한 눈으로 그를 노려보고 있을 뿐이다.

언제 뽑았는지 알 수 없는 검을 천천히 납검하는 모습.

여유인지 아니면 허세인지 알 수 없는 노릇이었으나 창대

중간에 깊숙이 새겨진 검흔과 손에서부터 타고 올라오는 엄청난 감각에 구문정은 면구가 떨리도록 파안대소했다.

"크하하하! 이것이 그건가? 귀면수라 놈을 묻어버렸다는 그건가?! 멋지다! 멋진 일격이다!"

착지와 함께 피어오른 먼지를 걷어내기 위해 창을 크게 휘둘러 바람을 일으켰다. 뭉실 피어오른 모래 먼지가 거칠게 쓸려 나갔다.

"이런, 일합에 폐기 처분인가? 검귀라더니, 검마를 잘못 부르는 것 아니냐? 이건 정말 상상 이상이다!"

창을 다시 잡으려던 구문정은 검흔에서부터 퍼지는 금을 보곤 미련 없이 창을 던져 버렸다.

대신 꺼내 든 것은 말안장에 매어놓은 언월도였다. 연의에 나오는 여든두 근 무게의 말도 안 되는 수준은 아니지만 그것도 이십 근은 족히 나가는 중병이었다.

"한 번 더 보여다오! 검귀여, 내게 보여다오!"

광기에 찬 외침은 혼전종의 광신도라기보다는 수라문의 투광(鬪狂)들을 연상케 했다.

구문정은 광소와 함께 언월도를 들어 올렸다. 음각된 용무늬가 햇빛을 받아 빛나는 모습이 살아 움직이는 용을 휘두르는 듯했다.

하지만 그 언월도에 담긴 기세는 용이라는 신령스러운 이름에 걸맞지 않은 흉포하고 살기 짙은 마기로 가득 차 있었다.

"정정당당한 모습이야 높이 사주겠다만 역시 하나같이 죄미친놈들이로구나!"

구문정의 폭발적인 기세를 앞두고도 전혀 긴장하지 않은 듯, 무양자는 실패로 돌아간 기습에 얼굴을 굳히며 자세를 잡았다.

*   *   *

땅을 박차 뛰어오른 단사천은 철기의 시선보다 더욱 위쪽에서 치켜든 검을 내리 그었다. 한계에 가까울 정로 치솟아 있는 검. 피할 수 없다.

"하아아아!"

짐승 같은 포효, 내려치는 검격 또한 거칠기 그지없었으나 눈빛만큼은 냉철함을 담고 정확하게 철기의 정수리를 노려보고 있었다.

쩌저적!

굉뢰의 칼날이 닿는 순간, 투구가 맹수의 발톱에 찢긴 것처럼 쪼개졌다. 당연히 그 밑에 있던 철기의 머리는 확인할 것도 없었다.

투구의 틈새로 핏물이 솟구쳤다.

기마의 목에 일격을 더 날리고 착지를 하는데 다리가 꺾였다.

무릎에서부터 힘이 들어가지 않았다. 무릎이 땅에 닿으며 자연스레 손으로 땅을 짚었다.

"하아, 하아!"

거친 숨소리가 마치 남의 것 같았다. 스스로의 입에서 내뱉고 있음에도 어딘가 먼 곳의 소리 같았다. 그만큼 지쳐 있다는 증거였다.

거칠게 숨을 몰아쉬는 와중에도 폐는 새로운 공기를 요구했고 심장도 터질 듯이 쿵쾅거렸다.

스스로 걸어놓고 있던 무광검기의 제한을 풀어놓은 순간, 느꼈던 거대한 힘의 존재는 이제 편린조차 찾기 힘들었다. 전신을 가득 채운 그것은 온몸의 구멍으로 뿜어져 나오며 신체와 정신을 자극했다.

그렇게 뿜어져 나오는 기운에 이끌려 마구 싸웠다. 의식이 없지는 않았으나 정신이 아득해질 정도의 고통과 그것을 잊어버릴 만큼의 마약 같은 느낌이 전신과 정신을 지배한 상태에서 터무니없이 몸을 놀렸다.

자기보다 몇 배는 큰 상대를 쳐 날리고, 일 촌 두께의 철갑을 베어내거나 말의 다리를 꺾고. 말 그대로 미쳐 날뛰었다는 말이 어울리는 상태였다.

그렇게 박살을 내놓은 철기들의 숫자는 적게 잡아도 스물 이상. 당장 시계에 보이는 다른 철기들도 멀쩡해 보이지는 않았다.

솔직히 말하자면 이 정도의 성과는 예상외였다.

무광검기를 얻고 몇 번인가 사용했으니 충분히 신체 능력의 상승은 있을 것이라고 생각했으나 이토록 극적인 무력의 상승이 있을 것이라는 생각은 할 수 없었다.

영기의 조화, 혹은 계속 깊어지던 보신결의 심도, 무광검도의 숙련 등 생각나는 이유야 여럿 있었지만 당장 중요한 건아니었다.

어찌 되었든 지금 전신에 밀려드는 탈력감과 고통, 즉 후유증은 예상한 것을 몇 단계쯤 더 뛰어넘은 것이라는 점.

그 결과, 당장 숨을 들이마시고 내쉬는 것으로도 힘이 부칠 정도의 몰골이 바로 지금이었다.

지쳤다거나 체력의 한계에 달했다는 그런 가벼운 상황이아니었다.

몸이 움직이지 않았다. 내 것이 아닌 것 같은 팔다리는 진흙을 뭉쳐 붙여놓은 것 같았다. 숨만 겨우 쉴 수 있는 상태로 아무리 호흡을 이어봐도 상태가 나아질 기미는 보이지 않았다.

신체 치유로는 천하 일절인 보신결의 공능도 어찌할 수 없는 수준이라는 것만 확인할 수 있었다.

'움직여야……'

다리에 힘을 줘서 일어나려다가 다시 털썩 주저앉았다. 통증도 통증이거니와 인대와 근육이 상한 것이 느껴졌다.

온몸에 쇳덩이를 덮어놓은 것 같이 무거웠다. 그것도 붉게 달궈놓은 시뻘건 쇳덩이다. 근육 속에서, 혈도 속에서 살이 뜨겁게 고통을 호소했다.

통증을 참으면 움직일 수는 있겠으나 억지로 움직였다가는 나중에 꽤 큰 대가를 치러야 한다는 것을 직감적으로 느껴졌다.

"머, 멈췄다!"

"지친 거다! 그래, 놈이 지쳤다!"

"지금이다!"

하지만 그렇다고 움직이지 않는다면 당장 목숨이 위험했다.

철기들은 단사천의 상태를 곧바로 알아차렸다. 비 오듯 쏟아지는 땀과 거칠어져 되돌릴 여유가 없는 호흡은 꾸며낼 수 있는 것이 아니었다. 알아차리지 못하는 것이 더 이상한 일이었다.

"오, 오오오!"

결국 한 놈이 움직이기 시작했다. 용감한 포효가 아니라 공포를 떨쳐 버리기 위해 스스로에게 외치는 고함이었다.

필사적으로 소리를 쥐어짜낸 보람이 있는지 철기는 우악스럽게 말고삐를 잡아챘다. 기마 또한 거칠게 투레질하며 돌격해 왔다.

맹렬한 기세. 철기의 눈동자에 감돌던 공포가 사라지고 그 자리를 광기와 투기가 채웠다.

단사천도 그 모습을 보고 있었다. 검게 물들기 시작한 시야 사이로 달려드는 철기. 점차 좁혀지는 거리만큼은 선명했다.

쉬이이익! 슈가각! 카가가각!

철기의 머리를 스쳐가는 날카로운 파공음이 울렸다. 묵직하게 달려들던 철기의 몸뚱이가 그대로 앞으로 고꾸라져 수직으로 떨어졌다.

단사천을 한참이나 지나쳐 크게 구른 철기의 상태는 처참했다. 목을 포함해 사지가 구겨진 모습. 더 볼 것도 없이 즉사였다.

일격에 당한 동료의 모습에 기세등등하던 철기들이 조용해졌다.

기회를 노리며 말고삐를 쥐고 있던 자들은 침을 삼키며 다시 단사천을 주시했다.

발검 이후 납검도 하지 못하고 그 검을 지팡이 대신으로 삼아 겨우 몸을 지탱하는 단사천이었으나 섣불리 달려드는 자는 없었다.

"허세다! 놈은 무리하고 있다! 한 번에 들이치면 놈은 더 움직이지도 못할 거다!"

쩌렁쩌렁 울리는 목소리에 나무가 흔들리며 나뭇잎이 비처럼 쏟아졌다.

그 외침에 다시 힘을 얻은 철기들이 단사천을 노려보며 기세를 피워 올렸다.

"아니, 아직이야! 방심하지 마!"

"그래, 아직 무슨 짓을 저지를지 모른다."

"방심은 금물이다! 일단 진형부터 다시 짜는 것이 맞다!"

단사천은 오만상을 지었다. 저 고함이나 방심을 경계하는 자세 때문이 아니었다.

그보다는 내부의 일이었다. 몸속을 흐르는 진기가 뚝뚝 끊어지고 있는 것이다.

간신히 이은 무광검기도 방금 전의 일격을 끝으로 완전히 끊어졌다.

'제길, 역시 무리였나.'

너덜너덜 상처 입은 혈도에는 쓸 수도 없는 영기만이 도도하게 흐르고 있었다. 그나마 이 영기가 아니었으면 벌써 기절

했을 것이었다.

구멍이 숭숭 뚫린 혈도에서 흘러넘치는 영기가 전신의 열을 식혀주지 않았다면 결코 버텨낼 수 없을 격통이었다. 그것이 아니었다면 최후의 발악도 하지 못한 채 땅바닥에 쓰러져 마지막만을 기다리는 꼴이 되었을 것이다.

'그래 봐야 조금 더 버틴 정도인가.'

단사천은 이제는 거의 보이지 않는 눈으로 주변을 둘러보았다. 철기의 시체가 기마와 얽혀 사방에 널려 있었다.

수십 그루 정도 되는 나무들이 박살이 나 흩어져 있고, 개중에는 가루가 되어버린 것도 있었다.

단사천과 무양자를 둘러싸고 있던 오십여 기의 철기들은 태반이 쓰러져 이젠 제대로 서 있는 놈이 더 적었다.

단사천이 날뛰어 만든 결과였다.

물론 엄밀히 말해 그 혼자의 결과물은 아니었다. 무양자의 손도 닿아 있었고 다른 사람들의 조력도 있었다.

그런데도 여전히 철기는 당장 그의 주변에 있는 것들만 십여 기. 철기가 아니라 마적이라도 이길 수 없을 단사천에게는 절망적인 숫자였다.

*　　　　*　　　　*

폭풍은 갑작스럽게 그쳤다.

주체할 수 없는 거력과 예리하게 다듬어진 무광검도의 쾌검으로 철기들을 종잇조각처럼 베고 썰어버린 단사천은 어느 순간 철기의 머리를 투구째로 베어 넘기더니 그대로 움직임을 멈췄다.

쓰러진 철기의 시체를 앞에 두고 제대로 서는 것도 힘든지 무릎을 꿇고 있었다. 거친 숨과 함께 어깨가 들썩였다. 피와 먼지가 땀에 씻겨 흘러내렸다.

눈썰미가 좋은 자라면 그의 손발이 떨리고 있음을 알 수 있을 것이다.

혹사한 끝에 모든 기력을 소모한 근육이 경련할 뿐인 움직임.

한계였다.

무양자는 일견하는 것만으로 그 사실을 깨달았다. 그뿐만이 아니라 주변에서 단사천을 볼 수 있는 사람이라면 모두가 알아챘다.

단사천의 판단으로 행동을 멈춘 것인지, 아니면 무광검기의 폭주가 끝나고 육신이 행동 정지를 해버린 것인지는 알 수 없었으나 단사천의 육체가 한계에 달했다는 것만은 확실했다.

"에에이! 꺼져라!"

신경질적으로 휘두른 검격에 철기 하나가 휘말려 비명을 내뱉었다.

우드득!

"그아악!"

옆구리를 강타하는 일격은 그대로 갑주를 부수고 근육과 내장을 짓이겼다. 세검이 아니라 거대한 도끼로 내려찍은 것 같은 결과물이다.

부하 하나가 고통 속에 신음하고 있었지만 구문정은 외려 웃었다.

구문정의 상태도 멀쩡하지 않았다.

무양자와 잠깐 합을 나누는 사이 세공품 같던 갑주는 깨지고 뭉개져 흉갑과 견갑 정도만이 제 기능을 하고 있었고, 목덜미나 팔뚝에도 깊은 상흔이 새겨져 피를 흘리고 있었다.

그럼에도 구문정은 웃으며 무양자를 주시했다.

"그렇게 제자가 걱정되나?"

"이 설죽은 놈이!"

카아앙! 카각! 카가각!

무양자의 검격을 구문정은 간신히 막아냈다. 언월도의 끄트머리에 간신히 걸친 무양자의 검이 불꽃을 튀기며 언월도에 막혀 멈췄다.

일격에 병장기며 인마며 가리지 않고 파괴하던 모습과는 거리가 있었다. 얼마간의 여력이 있다고는 하나 무양자도 충분히 지쳐 있었다.

들썩이는 어깨를 숨기지 못할 정도로 거칠어진 호흡과 흔들리는 검 끝에 구문정은 입가에서 피를 흘리면서도 웃음을 더욱 짙게 만들었다.

"칵! 하하하하! 그 얼굴은 좀 볼 만하구나!"

콰앙!

밭은기침이 섞인 웃음에 무양자는 신경질적으로 일격을 내뻗었지만 이번에도 중도에 막혀 커다란 금속음만을 터뜨렸다.

충격량을 해소하지 못한 기마가 구문정과 함께 몇 걸음이나 밀려났지만 이번에도 상처는 없었다.

"귀갑신마대의 철기 스물에 부대주 둘을 전부 베고도 아직 여력이 있는가? 참으로 대단해. 천하오검이 전부 이 정도인가? 이래서야 다른 두 불신자와 손을 잡고 대계를 준비하지 않았다면 천하 재패는 무리였겠어."

천천히 되돌아와 앞을 막아서는 구문정의 모습에 무양자는 낭패감을 드러냈다. 구문정은 단신으로도 충분히 무양자의 앞을 가로막을 수 있는 절정의 무위를 지닌 자였다.

지쳤다고는 해도 몇 번이나 무광검도의 검격을 막아내는

것을 보면 알 수 있었다.

하지만 문제는 그게 아니었다. 약간의 방심조차 하지 않으려는 자세.

오로지 혈기에 취해 제 목숨을 거는 싸움을 기뻐하는 시정잡배 같은 어투와 다르게, 극한까지 끌어 올린 경계심이 문제였다.

'숨통을 끊기 전에는 멈추지 않을 테지.'

최후의 최후까지 긴장을 늦추지 않는 모습은 무인으로서 훌륭하다고 상찬할 것이었으나, 적에게서 그런 모습을 발견해 봐야 기꺼워할 수 없는 일일 뿐이다.

끝을 보기 전에는 최후의 순간까지 털끝만큼의 빈틈도 보이지 않겠다는 의지가, 그런 자세가 기백으로 변해 전해져 왔다.

한껏 끌어 올린 마기가 뭉쳐 쇳덩이처럼 주위를 짓눌렀다.

주변의 다른 철기들이 뿜어내는 기세는 하나의 무기였다. 그 기세만으로도 한계에 달한 단사천에게는 고역일 터.

실제로 지쳐 정신이 혼미할 지경인 단사천은 쓰러질 뻔했다. 이미 다리는 균형조차 제대로 잡지 못할 정도로 흔들리고 있었다.

하지만 휘청휘청 당장에라도 쓰러질 것 같은 힘 풀린 다리로 걸었다. 그의 앞을 향해서.

"무리다! 이제 멈춰!"

무양자가 눈을 크게 뜨며 외쳤다.

당장에라도 구문정과 철기들의 포위를 뚫고 움직이려 했다.

하지만 채 한 걸음도 뗄 수 없었다. 그의 외침에 맞춰 구문정이 창을 뻗어왔다.

카앙!

창대 중간에서 불꽃이 번쩍 튀었다.

장삼과 관일문을 비롯한 호위 무사들이 격앙하며 날뛰었으나 철기들이 만든 벽을 넘을 수는 없었다.

제 생각대로 돌아가는 상황에 구문정이 음침한 웃음을 흘리며 입을 열었다.

"아이들의 일은 아이들이 하게 놔둬야 좋은 어른이지!"

"이놈!"

무양자가 격노하며 무광검기를 한껏 끌어 올리는 사이 이미 철기들은 움직였다.

느릿한 단사천의 움직임에 대한 철기들의 반응은 엄청난 수준이었다.

가장 먼저 진영을 이뤄 단사천의 정면에 있던 세 기의 철기가 동시에 움직였다.

서로 움직이는 간격과 속도를 처음보다도 정교하게 짜 맞쳐 단사천에게 덤벼들었다.

스치기만 해도 사람을 곤죽으로 만들어 버릴 것 같은 흉악한 위력을 품은 장병들이 단사천을 덮쳤다.

九 . 무음

두꺼운 철봉이 단사천의 머리를 노리고 휘둘러 오는 것을
보며 서이령은 두 눈을 질끈 감았다. 만신창이가 되어 대항
할 여력이 없는 단사천이 그것을 막을 수 있을 것이라 상상
할 수 없었다.

스스로가 지닌 무력도 일천한 그녀로서는 할 수 있는 것
이 아무것도 없었다. 그저 보고 싶지 않은 순간에 눈을 돌리
는 것만이 그녀가 내릴 수 있는 유일한 선택이었다.

하지만 시간이 지나도 그녀의 귀에 예상했던 소리가 들려
오지 않았다.

새된 비명이나 고함은 얼마간을 기다려도 들려오지 않았다.

그 대신 경악에 가득한 탄식 같은 소리가 들려왔다. 익숙한 목소리. 무설의 목소리였다.

"무슨……?"

놀란 사람은 무설 그녀만이 아니었다. 단목혜는 물론이고 옆에서 창칼을 맞대던 철기와 호위 무사들까지 순간 손발을 멈췄다.

그들의 시선은 한곳에 모여 있었다.

서이령의 고개가 그들의 시선을 따라갔다. 눈을 가리는 뿌연 습막을 소맷자락으로 훔쳐 내자 거기에는 간신히 서 있는 단사천이 있었다.

"…후우."

한없는 탈력감이 느껴지는 숨소리.

결코 정상적인 상태가 아니었다. 간신히 검은 쥐고 있지만 중심축은 무너졌고 자세는 흐트러졌다. 검을 쥔 손에도 전혀 힘이 들어가 있지 않았다.

그녀가 지닌 의학적 지식과 그간 살펴본 경험에 비춰본다면 지금 단사천은 당장에라도 누워서 제대로 된 치료를 받아야 할 중환자의 모습이었다.

그때 휘청거리며 내디딘 발이 꺾이면서 주저앉듯 단사천의 몸이 숙여졌다.

머리 위를 스칠 듯 말 듯한 거리를 남겨두고 철봉 하나가 스쳐 지나갔다. 의도이든 우연이든 피한 것이다.

"…하아!"

간신히 숨을 내쉬며 앞으로 넘어지듯 구른다.

또다시 철기의 창격을 피해낸다. 바람에 흩날리는 천 조각처럼 흐느적거리는 모양새로 저 살벌한 일격, 일격을 피하고 있었다.

크게 열린 철기의 가슴팍, 공격 뒤에 찾아오는 어쩔 수 없는 일순간의 경직. 반격의 기회였다.

하지만 단사천은 이미 철기의 공격을 피하는 것만으로도 기적이나 다름없는 상태였다. 검을 들어 올리는 것도 힘들어 보이는 상태로 반격을 가한다는 건 그녀의 상식으로는 불가능한 일이었다.

설령 움직일 수 있다 할지라도 강철보다 단단한 저 갑주는 당장에라도 쓰러질 것 같은 단사천의 일격으로는 흠집도 낼 수 없을 터였다.

아니나 다를까 철기는 자세를 바로잡을 생각도 하지 않고 그대로 철봉을 휘둘렀다. 거센 파공음과 함께 철봉이 단사천의 머리 위로 떨어져 내렸다.

단사천은 초점이 제대로 잡히지 않는 흐릿한 눈동자로 철기를 올려다보며 늘어진 팔을 끌어당겼다. 결코 빠르지 않아 보이는 손놀림이었으나 어쩐지 눈으로 좇을 수 없었다.

후우웅.

미풍(微風)이 불었다. 그 순간, 철기의 머리가 목에 작별을 고하며, 떨어져 바닥을 굴렀다.

＊　　　＊　　　＊

귀가 들리지 않는다. 더 정확히는 벌이 수백 마리쯤 모여서 윙윙거리는 것 같은 강렬한 이명(耳鳴)이 고막을 거세게 때려댔다.

눈도 보이지 않는다. 실눈을 뜬 것처럼 정말 제한적으로 보이는 시계(視界), 그나마도 흐릿해 상이 제대로 잡히지 않는다.

그런 와중에 피부에 닿는 바람만은 확실하게 느껴졌다. 잔진한 바람결에 휘청거리고 있으니 한쪽에서 강풍이 다가오는 것이 느껴졌다.

피해야 한다. 생각은 하지만 몸이 따르질 않는다. 어찌 발을 내디디니 무릎이 저절로 굽혀지며 바람을 종이 한 장 차이로 피해냈다.

사부가 난전 상황에서 필요한 움직임에 대해 가르쳐 준 것이 생각났다.

'그러니까… 아마 강물의 흐름에 몸을 맡긴 것처럼 계속 움직여라… 였던가?'

제대로 기억이 되새겨지지 않는다. 몽롱한 의식 상태. 그저 발걸음을 떠미는 대기의 흐름에 몸을 맡긴 채 힘없이 흔들렸다.

'이 다음은……?'

또 한 번 광풍을 피하고 난 다음 흐릿한 시야 사이로 철기의 모습이 비쳐졌다.

창을 휘두르느라 훤히 비어버린 가슴팍. 무양자의 가르침대로라면 여기서 틈을 노린 반격을 해야 한다.

아, 하지만 지쳤어. 이제 체력 문제가 아니라 몸이 완전히 깎이고 꺾이는 문제야.

온몸이 욱신거린다. 특히나 혈도가.

무광검기가 한껏 헤집어놓은 신체 내부가 장렬한 통증을 선사했다. 그야말로 몸을 깎아가며 싸운 대가였다.

단순한 비유가 아니라 무광검기의 운용은 정말로 제 살을 깎아먹는 짓이었다. 안전장치를 겹겹이 쌓아도 모자랄 무광검기를 최후의 목줄마저 풀어놓고 미친 듯 날뛰었으니 당연한 결과이기도 했다.

정말로 힘이라곤 쥐뿔만큼도 남아 있지 않았다. 스스로 정한 한계선을 아득히 넘어버린, 더 짜낼 여력은 한 방울도 남지 않은 명백한 한계였다.

검을 내뻗을 힘도, 의식도 부족했다.

하지만 어쩐지 뻗을 수 있을 것 같았다.

왜인지 모르게 살랑거리는 바람의 결이 느껴지는 것도 같았다.

힘이 들지 않으면서도 최속(最速)에 이를 수 있는 길이 그 사이에서 보이는 것 같았다.

그때 무양자가 한 말이 떠올랐다.

'소리를 놓고 가는 것은 무음의 시작일 뿐, 진정한 무음이란 말 그대로 소리를 내어서는 안 된다.'

그건 어떤 의미에서 무광의 경지에 이르는 속도를 얻는 것 이상으로 어려운 일이라고 무양자는 설명했다.

단순히 내공의 압력을 높이고 출력을 더해 이룰 수 있는 경지가 아니라 깨달음이 필요한 경지.

본래부터 경지에 대한 집착 따윈 없는 단사천이었다. 무력적인 강함이란 질실강건(質實剛健)한 삶을 위한 준비 과정에 부차적으로 딸려온 덤 같은 것이었으니까.

그래서 별 의미를 두지 않은 문답이었고, 깊게 생각하지 않은 대화였다.

하지만 지금 떠오르는 것은 오직 그 문답뿐이었다.

턱.

나타난다. 눈앞까지 다가온 철봉. 검은 기둥 같은 그것이 만들어내는 풍압이 피부에 닿는다. 흔들리듯 움직이며 철봉을 스쳐 흘려보냈다. 쓸데없는 힘을 쓰지 않고 그저 오른손을 밀어 올린다.

부드럽게.

후우웅.

툭.

'…쓰러뜨렸다. 계속 움직여. 멈추지 마라. 다음 녀석을 노려.'

당장에라도 쓰러질 듯, 힘없는 걸음걸이는 변하지 않았다. 여전히 다리는 백 근짜리 납덩이라도 달아놓은 듯 무거웠고 팔은 떨어질 것처럼 아파왔다.

기도는 찢겨질 것처럼 아팠고 심장은 토해야할 것처럼 뜨거웠다. 그래도 멈추지 않는다.

다음을 향해, 여전히 창을 겨누는 적을 향해 움직인다.

*   *   *

"뭐냐?! 어떻게 된 상황이야?!"

구문정과 부대장들이 무양자를 상대하는 사이 단사천을

포위한 철기들의 지휘를 맡게 된 조장 격인 철기 하나가 절규했다.

그는 눈에 비치는 광경을 믿을 수 없었다.

"한계였을 텐데 어떻게 움직일 수 있는 거냐! 어떻게 더… 빨라진 것이냐!"

대적자가 부하들을 쓰러뜨리고 있었다. 마치 유령처럼 흔들흔들 걸으며 바람에 흩날리는 낙엽이나 나비와도 같이 걸어왔다.

느릿하게 걸어와 손을 내뻗었다.

그러면 예의 고요한 실바람이 불어오고 철기 하나가 그 목이나 사지에서 피를 뿜으며 쓰러졌다. 그 모습은 흡사 사신과 같았다.

위압감은커녕 툭 치면 그대로 쓰러져 죽을 것 같은 모습임에도 주변을 포위하고 있던 철기들은 슬금슬금 거리를 벌렸다.

뒷걸음질 치는 그들의 모습에서 최초의 당당함은 찾아볼 수 없었다.

그러다 그의 명령에 다시 마음을 다잡고 돌격하기도 했으나 그럴 때마다 죽는 것은 그들이었다.

당연하다는 듯 반복되는 공방과 일방적인 패배를 눈에 담으며 그는 경악했다.

폭풍처럼 몰아치던 때의 기도도 몸서리쳐지는 것이었으나 이것은 마음속 깊은 곳의 본능적인 영역에서부터 두려움을 선사하는 것이었다.

"…투창! 투창이다! 놈은 제대로 서 있지도 못 한다! 투창으로 끝내!"

신경질적으로 외쳤으나 주변의 부하들은 별다른 움직임을 보이지 않았다.

막 화를 내려던 그는 곧 말안장에 메어놓은 투창용 단창을 찾았으나 하나도 보이지 않았다. 벌써 몇 번이나 던져댄 탓에 남은 것이 없었다.

부하들도 마찬가지였다. 결국 접근하는 것밖엔 방법이 없었다.

그렇지만 그는 망설였다. 기마의 옆구리를 차야 할 발이 떨어지질 않았다. 기세에 압도당하고 있었다.

"뭘 하는 거냐! 적에게 겁을 먹기라도 한 거냐! 네놈의 신앙이 그 정도밖에 되지 않는 것이냐!"

전신을 후려치는 것 같은 기세가 깃든 고함이었다. 노기가 가득한 구문정의 목소리에 정신이 들었다.

쾅!

주먹으로 자신의 머리를 후려쳤다. 수갑과 투구가 부딪치며 만들어낸 커다란 소리에 비해 아픔은 없었지만 정신을 차리기 위한 것으로는 충분했다.

"나는 혼천의 뜻을 받드는 자다! 내 목숨은 이미 청천 너머에 두었다!"

그의 외침과 함께 다른 철기들도 소음을 쏟아냈다. 주눅 들었다는 사실을 지우기라도 하려는 듯 크고 거친 고함이었다.

"거창!"

철기들이 들어 올린 창이 으르렁거리듯 떨며 어두운 빛을 뿜어냈다. 비정상적인 내공이었다. 온전한 내공이 아니라 생명의 근원인 진원지기까지 불태워 만들어낸 하나의 커다란 힘이 창끝에 맺혔다.

"돌격!"

두려울 정도의 위력을 품은 빛이 단사천을 노리고 겨누어졌다.

싸움이 시작된 이래 수많은 철기가 해온 다양한 수법 중에서도 가장 강력하고 위험한 공격이 지금 그 모습을 드러냈다. 일제히 달려드는 철기들의 모습은 가시가 돋아난 벽이 밀려드는 듯했다.

그런 철기들과는 반대로 단사천은 묵묵히 손을 끌어 올렸다.

철기들은 그 모습에서 하나의 감상을 공유했다. 예의 발검에서부터 이어지는 무광검도의 일격을 떠올렸다. 볼 수도, 막아낼 수도 없는 강력하고 불가해한 일격.

하나 그저 느릿느릿한 속도로 두 손을 들어 올린 단사천에게서는 그것의 잔재조차 찾아볼 수 없었다.

그래도 방심은 없었다. 그들은 기마의 속도를 더하며 내달렸다.

철기들의 거창이 일제히 뻗었다.

그리고 그 거창이 완전히 뻗기도 전에 단사천이 언제 뽑았는지 알 수 없는 검이 철기의 몸을 두 쪽으로 갈라놓았다.

휘우우.

귀에 들린 것은 가벼운 바람 소리. 그러나 눈에 보이는 것은 검게 비틀려 베어진 세상과 그 궤적을 따라서 무너지는 철기들의 모습이었다.

                    *   *   *

지쳤다. 이젠 정말로 손 하나 못 움직일 정도로 지쳤다.

'…정말로 죽을 것 같다.'

이미 눈에는 아무것도 보이지 않았다.

그저 무념무상으로 휘두른 검격의 흐릿한 느낌만이 손끝에 남았을 뿐. 그것도 손끝의 감각이 서서히 사라지면서 잊

허졌다.

손에 힘이 빠지고 굉뢰의 무게를 견디지 못한 손가락이 굉뢰를 놓아버렸다.

맑은 금속성이 울렸으나 단사천의 귀는 이미 그런 것을 소화해 낼 수 있는 상태가 아니었다.

털썩.

무릎이 땅에 닿기도 전에 이미 단사천의 의식은 끊겼다.

＊　　　＊　　　＊

마지막 일격은 잔상조차 보지 못했다.

철기들이 한꺼번에 쓰러진 뒤 뒤늦게 단사천이 무릎을 꿇고 그대로 땅에 쓰러지는 모습을 보고 나서야 겨우 정신을 차릴 수 있었다.

무설이 당황하며 단사천의 곁으로 달려들었다.

아직 철기들이 남아 있기는 했지만 그녀의 길을 막을 정도로 여유가 있는 자는 없었다.

한달음에 단사천의 옆에 도착한 그녀는 가냘픈 호흡만을 겨우 반복하는 단사천을 내려다보며 어찌할 바를 모른 채 발을 동동 굴렀다.

안아 들어 안전한 곳으로 옮기려 해도 혹시나 손을 댔다가 잘못될까 봐 두려웠다. 한발 늦게 단목혜와 서이령이 도착했다.

"제가 보겠습니다."

"서 소저……."

무설이 뻣뻣한 움직임으로 자리를 비켰다.

서이령이 단사천의 손목을 잡고 진맥을 시작하는 모습을 걱정스레 바라보는 그녀의 얼굴은 당장에라도 울 것 같아 보였다.

철심검화라는 별호를 익히 아는 사람이라면 놀라서 눈을 의심할 모습이었지만 당장 그 모습을 옆에서 지켜보던 단목혜는 놀람을 표현하는 대신 무설의 이마에 손가락을 튕겼다.

따악!

청아한 타격 음과 함께 무설의 고개가 젖혀졌다. 다시 제자리를 되찾은 무설의 얼굴에는 불의의 일격에 대한 당황함과 분노가 서려 있었다.

눈가에도 언뜻 물기가 비쳤으나 단목혜는 당당하게 입을 열었다.

"감상적으로 생각하지 마요. 아직 안 끝났으니까. 그럴 시간 있으면 검이나 들고 주위나 살펴요."

그렇게 말하며 단목혜는 그녀의 애병인 단창을 한차례 휘두르곤 뒤로 돌았다.

그제야 무설의 눈에도 주변이 보였다.

단사천이 쓰러지면서 오로지 그만 보던 그녀의 시야에 그녀를, 정확히는 단사천을 노려보는 무수한 시선이 잡혔다.

"…그러네요. 고마워요, 단목 소저."

입술을 깨물며 답한 그녀는 단목혜가 보는 방향과 반대로 몸을 돌렸다.

바닥에 쓰러져 간신히 호흡하는 단사천의 모습이 시야에서 사라지자 왜 그녀가 철심검화라는 별호를 얻었는지 그 이유가 확연히 드러났다.

일체의 감정이 느껴지지 않는 차가운 얼굴이었다. 그러면서도 그 미모의 빛은 사라지지 않았다.

전신에 서린 날카로운 살기와 냉기가 오히려 그녀의 미에 빛을 더했다.

무양자는 제자를 향해 돌아가 있던 고개를 되돌리며 자신의 앞에 선 적도의 우두머리에게 사나운 맹수 같은 웃음을 지어 보였다.

이빨이 그대로 드러나는 날카로운 웃음.

도사라는 업에 맞지 않는 한없이 흉포하고 날카로운 기세가 뿜어져 나왔다. 거리가 있는 자들도 그 기세에 손발이 잠시 멈출 정도로 짙은 기도였다.

십여 장의 거리, 직접적으로 그 기세를 받은 것도 아닌 자들마저 그럴 정도였다. 바로 앞에서 그 기세를 정면으로 받아내야 한 구문정은 한층 더 무겁고도 차가운 기세를 감당해야 했다.

구문정은 어찌 기세를 흩어버렸지만 그의 애마까지 별 피해 없이 압박감을 벗어난 것은 아니었다. 거친 투레질과 과하게 빨라진 호흡. 영물의 반열에 오른 그의 애마는 무양자의 기세에 짓눌려 두려워하고 있었다.

구문정은 애마를 다독여야 한다고 생각했지만 무양자는 그럴 시간을 주지 않았다.

"저쪽은 끝난 것 같군. 그럼 우리도 끝을 내야지?"

무양자는 입을 열고 천천히 자세를 잡았다. 눈높이까지 끌어 올린 검을 한계에 이를 때까지 당겼다.

머리 뒤쪽까지 당겨진 검은 시위에 걸린 화살처럼 똑바로 표적을 노리고 있었다.

일체의 수 싸움도 필요 없다고 말하는 것처럼 무양자는 살기의 방향을 숨길 생각도 하지 않았다. 검극의 목표는 구문정의 가슴 정중앙이었다.

어느 곳보다 두꺼운 갑주가 보호하는 곳이었다. 하지만 안심할 수가 없었다. 마치 얼음으로 만든 송곳이 눈앞에 들이

밀어진 것 같은 오한. 반사적으로 언월도를 끌어당겨 무양자의 검과 그 사이의 직선을 막았다.

어울리지 않는, 또 상정도 한 적 없는 행동이었다. 귀갑신마대란 흑오철로 만든 두터운 갑주를 믿고 방어에 별다른 신경을 쓰지 않고 공세를 유지하며 압도하기 위한 무공을 익힌 자들이다.

흑오철로 만든 귀갑에 대한 믿음은 절대적인 것, 하지만 지금 그는 본능적으로 방어를 선택했다.

그러나 정작 무양자는 그의 행동을 비웃듯 그저 자세를 유지하고 있었다.

언월도가 자리 잡는 것을 기다려 주고 나서야 무양자는 입을 열었다.

"이제야 끝났느냐? 그렇다면 제대로 된 것을 보여주마."

그는 자세를 잡으며 단언했다.

"일격으로 끝낸다."

그리 쉽게 단언할 만큼 구문정의 무위가 형편없지 않다는 것은 무양자도 알고 있었다.

지금까지 주고받은 무수한 공방은 분명 그가 우위였지만 제대로 된 피해를 준 것도 아니었다.

그러나 제자가 저렇게나 분발했다면 사부 된 자로서 영향을 받지 않을 수 없었다. 조금쯤은 무리를 해서라도 보여줘야 할 것이 있었다.

끼긱.

한계까지 당긴 근육이 터질 듯 팽창했다. 근육이 팽창하는
만큼 무광검기가 그 자리에 들어찼다.

결코 멈추지 않는 파괴적인 기운을 한곳에 강제로 몰아넣
는 일이다 보니 무양자의 심력도, 천룡무상공의 내공도 순식
간에 바닥을 드러냈다.

하지만 그럼에도 무양자의 안색은 일말의 변화도 없이 고
요했고, 시선은 오로지 표적을 향해 있었다.

'흉전의흡(胸前宜吸), 앞가슴은 마땅하게 거두어들이고.'

그 신체를 한 자루의 활[弓]로 삼는다. 중단에 숨을 두고
하단을 단단히 다져 굳건한 중심을 만든다.

'각립요방(脚立要方), 다리는 모지게 서야 한다.'

왼발은 구문정을 향한 왼쪽 하단에 일직선으로 놓고 오른
발은 과녁 오른쪽 하단에 대각선으로 놓는다.

'지궁여악란(持弓如握卵), 활을 잡기는 계란을 쥐듯이 하여
야 하며.'

검을 쥔 손에 들어가는 힘은 그야말로 겨우 검을 쥘 수 있
는 수준이었으나 흔들림은 없었다.

'전견요장(前肩要藏) 후견요제(後肩要擠), 앞 어깨는 숨기고
뒤 어깨는 밀어라.'

숙련된 사수(射手)가 시위를 놓듯 한껏 뭉쳐놓은 무광검기의 덩어리에게 길을 열었다. 혈도를 따라 무광검기가 뻗고, 그 흐름에 맞춰 팔이 움직였다. 그건 한 발의 화살이고, 빛살이었다.

'사법(射法)을 다해 검을 내쏜다 하여 후예사일(后羿射日)이라 한다.'

바람의 결을 찾아내 온전한 무음을 달성한 제자에게 건네는 그의 대답이었다.

그것은 사일검의 최후 초식이기도 했으나 무광검도의 이론에 따라 재해석한 것이기도 했다.

'후예사일, 소음(消音).'

타인의 눈앞에서 단 한 번도 펼친 적이 없는 무양자의 절기가 세상에 모습을 드러냈다.

그것은 무리(武理)도 담지 않은 것이며, 초식이라 부를 수도 없는 검격이었다.

그저 단순히 최단 거리를 최고 속도로 가로질러 전력으로 검을 내찔렀다.

소리조차 집어삼킨 거대한 경력이 오로지 검극의 한 점에 응축되어 언월도의 날을 꿰뚫었다.

구문정은 무양자에게서 단 한순간도 눈을 돌리지 않았고 긴장을 풀지도 않았다. 그러기는커녕 온 내공을 끌어 올리고 극한의 집중을 유지하고 있었다.

그럼에도 무양자의 일격은 반응할 일말의 여지조차 남겨두지 않았다.

그런 검이었다.

무양자가 내뻗을 수 있는 전력의 일격이라는 것은 그런 것이었다. 오히려 검이 그대로 등을 관통하지 않았다는 점에서 구문정의 굴강함을 칭찬해야 할 정도의 검이었다.

구문정은 상처를 내려다보고 허탈하다는 듯 숨을 내쉬었다. 무어라 말을 하려 했지만 체내를 헤집은 무광검기의 폭력에 목구멍에서 나오는 것은 말이 되지 못한 기침 소리였다.

별다른 외상은 없으나 이미 속은 곤죽이 되어버린 상태였다.

"그르르륵, 커헉!"

한 바가지는 될 법한 핏물을 쏟아낸 구문정은 그대로 눈에서 빛을 잃고 무너져 내렸다. 철벽같던 그 기세도 허물어졌다.

쓰러진 적의 수뇌를 잠시 바라보던 무양자는 그대로 몸을 돌렸다.

성치 않은 몸으로 전력을 끌어내며 입은 내상이나 무광검기가 할퀸 양팔의 경락이 보내는 비명을 무시한 채 다음 적을 향해 발걸음을 옮겼다.

당장에라도 제자 녀석의 옆에 쓰러져 쉬고 싶었지만 아직 싸움은 끝나지 않았다.

'제자 녀석은… 저 아가씨들에게 맡겨놓으면 되겠지.'

잠시 보낸 시선을 거둔 무양자는 마음을 굳히고 격렬한 전투의 소리가 울리는 곳으로 향했다.

＊　　　＊　　　＊

"아, 이겼나."

아니, 저 멀리서 창칼이 부딪치는 금속성과 고함이 들려오는 것을 보면 아직 끝이 나지는 않은 것 같았다.

다만 그것이 정말로 먼 곳인지 아니면 귀가 먹먹해서 그러는 것인지 단사천은 구분이 가질 않았다.

그러다 가까운 곳에서 목소리가 들려왔다.

"예, 거의 끝났습니다, 단 공자님."

단사천의 힘없는 중얼거림을 들은 서이령이 상냥한 목소리로 말했다.

그녀는 말을 하면서도 손을 멈추지 않았다. 상처에 고약을 바르고, 지혈제와 진통산을 아낌없이 뿌렸다. 지니고 다니던 몇 종의 비약을 물에 개어 탕약을 대신했고, 침과 내공을 통한 요상법도 병행하여 사용하고 있었다.

서이령의 말에 대해 돌아오는 단사천의 반응은 애매했다.

어쩔 수 없었다. 당장 기절해도 이상하지 않은 몸 상태였다. 싸움이 끝나 긴장의 끈이 풀린 그는 의식을 잃기 직전의 상황에 도달했다.

멈출 수 없을 것 같던 무광검기까지도 바닥을 드러낸 탓에 그의 몸은 극심한 탈력감이 지배하고 있었다. 가볍게 말을 하는 것도 힘들 터였다.

서이령은 그 사실을 충분히 알고 있었다. 그렇기에 대답을 듣는 대신 그녀는 몇 종류의 약을 조합했다.

큰 수술을 할 때 사용하는 꽤나 강한 수면 유도제였다. 그것을 천천히 단사천의 입가에 흘려 넣었다. 혹시라도 중간에 기도로 흘러 들어갈까 조심스레 손길을 다듬었다.

허공을 멍하니 바라보고 있던 단사천의 의식은 곧 어둠 저편으로 사라졌다. 눈동자에서 빛이 사라지고 온몸에 남아 있던 극소량의 힘마저 점점 빠져나갔다.

그 시점에서 단사천의 의식은 완전히 끊겼다.

주위에 나뒹구는 무수한 시체와 비슷한 모습이었다.

간신히 반복되는 호흡과 미약하게 이어지는 진기가 단사천이 아직 살아 있음을 나타내고 있을 뿐이었다.

단사천이 의식을 잃고 얼마 되지 않아 싸움이 끝났다.

모든 철기는 바닥에 쓰러져 생명을 잃었고, 기마들도 반은 죽고 나머지 반은 사방으로 흩어졌다.

그렇게 내려앉은 정적 사이로 발소리들이 다가왔다.

바로 방금 전까지도 단사천의 호위를 위해 창검을 들고 있던 단목혜와 무설이었다. 둘은 단사천의 잠을 방해하지 않으려 한마디 말도 없이, 소리조차 내지 않고 그를 향해 걸어가 옆에 자리했다.

눈을 감고 있는 단사천의 얼굴을 내려다보고 미약하게 오르내리는 가슴을 본 그녀들은 안도의 한숨을 내쉬었다.

"정말이지……."

"잘 자네요."

서이령의 손을 방해하지 않을 정도의 거리를 두고 그녀들은 다리에 힘이 풀린 듯 그대로 주저앉았다.

*　　　*　　　*

귀독은 시체가 겹겹이 쌓인 작은 언덕 위에 걸터앉아 있었다. 한쪽 무릎을 세워 팔을 얹고 다른 다리는 쭉 뻗은 자세. 남은 한 손으로는 죽편에 쓰인 짧은 문장을 읽고 있었다.

그의 전신은 너덜너덜했다. 옷은 이리저리 찢겨 넝마가 됐고, 피부에도 크고 작은 상처가 새겨졌다. 게다가 전신을 적신 피는 범상치 않은 수준이었다. 그것은 그 자신의 것이기도 했고 적의 피기도 했다.

귀독은 바로 방금까지 싸우고 있었다.

그야말로 사투라고 부르기에 적합한 엄청난 전투였다. 예전의 그라면 결코 하지 않았을 모략도, 함정도 없는 난잡한 난투. 그가 앉아 있는 작은 언덕은 공동파 도사들의 시체가 겹쳐 쌓인 곳이었다.

하지만 귀독의 정신은 죽편에 쓰인 내용에만 온전히 붙들려 있었다.

"귀갑신마대와 흑혈강시의 전멸이라… 역시 대단한걸."

마치 상관없는 제3자가 말하듯 입을 연 이는 귀독과는 반대편에서 마찬가지로 사투를 벌이고 있던 흑검이었다. 시체 더미 아래에서 귀독을 올려다보는 얼굴에는 살기 짙은 웃음이 지어져 있었다.

동료라 할 수 있는 자들의 죽음을 전해 들었지만 원망 따윈 보이지 않았다. 수라문의 인물이 아니라는 것도 있지만 그 무엇보다 그것을 해낸 적에 대한 칭찬이고, 감탄이었으며, 기대였다.

흑검을 내려다본 귀독이 웃었다.

"흥, 조무래기들이다."

"잘도 말하는군."

흑검이 딴지를 걸었다.

"정말이다. 싸우는 법을 잊어버리고 철갑 속에 숨은 겁쟁이들이나 제대로 된 술자도 없는 진혈강시였다. 그놈과 검귀라면 순식간에 몰살이었겠지."

"그런가. 하긴 네 녀석이 나보다는 강시나 신마대에 대해서 더 잘 알겠지. 혈교에서 손을 많이 썼으니까."

강시는 말할 것도 없이 혈교 고유의 전력이었고, 신마대도 창설 당시 신마의 제작을 위해 혈교의 무수한 정보와 조력이 들어갔다. 흑검보다 귀독이 더 많이 아는 것은 불문가지였다.

"이놈들! 이런 짓을 벌이고도 하늘의 화를 피할 수 있으리라 생각하느냐!"

온 산이 쩌렁쩌렁 울리는 고함에 둘의 고개가 돌아갔다.

어깨를 들썩이며 씩씩 호흡을 잇는 노도사의 모습이 시야에 들어왔다.

"누가 할까?"

"공동복마검이 일절이라는데, 천하오검에 비견할 수 있는 몇 안 되는 검수라기에 전부터 궁금했다. 내가 받지."

천하오검에 미치지는 못하나 그 바로 아래 줄에 위치한 초절정의 고수를 두고 그들은 웃음을 섞어 대화를 나눴다. 그 모습에 공동복마검 현명 도장은 더욱 진한 노기를 발하며 곧장 검을 찔렀다.

복마검의 살기 짙은 초식은 매서운 기세를 품었으나 흑검은 여전히 웃으며 검을 마주했다.

쩌어어엉!

현명 도장의 검은 요검이었다. 시린 검광을 뿌려대는 명검이기는 하나 검에 깃든 살기는 어지간한 심공으로는 다루기 힘들다는 평을 듣는 검이었다. 그런데 검을 마주하는 흑검의 새까만 검은 그 이상이었다.

빛을 빨아들이는 것 같은 칠흑(漆黑)과 검신에서 뚝뚝 흘러내리는 악의(惡意)까지, 그건 마검(魔劍)이었다.

"네놈들, 대체 정체가 무엇이냐?!"

현명 도장이 묻자 흑검이 심드렁한 표정으로 답했다.

"마인."

답과 동시에 힘을 주어 현명 도장을 밀어냈다. 현명 도장의 신형이 허공으로 튕겨져 나갔다.

서로의 검이 떨어지고 거리가 만들어지는 순간, 두 사람의 검이 무서운 속도로 교차되었다. 검기가 사방을 가로지르며 공기를, 나무를, 바위를 찢어발겼다. 검이 부딪치는 충격파만으로도 주변 사물이 깨지고 부서졌다. 경천동지할 싸움이었으나 두 사람의 싸움은 길게 이어지지 않았다.

일격필살의 강격으로 구성된 복마검의 특성이 그러했고, 마찬가지로 일격필살의 살초로 만들어진 흑검의 검법이 지닌 특성이 그러한 탓이다.

쩌엉! 쩌저정!

무지막지한 충돌 음이 터져 나왔다.

사방으로 퍼져 나가는 검기의 파편에 시체가 종잇장처럼 가볍게 베였다.

양측의 검이 명검을 넘어선 물건이기에 망정이지 그렇지 않았다면 첫 격돌 시점에서 어느 한쪽의 검이 부서져도 이상할 것 없는 강격의 교환이었다.

서로 검을 격한 것은 기껏해야 열 번 남짓이었으나 벌써 끝이 보이기 시작했다. 이곳에 도착했을 때 이미 호흡이 무너져 있던 현명 도장의 확연한 열세였다.

"하아압!"

기합성과 함께 흑검이 검 자루를 쥔 손에 힘을 더해 그대로 현명 도장을 베어 갈랐다. 강렬한 일격에 현명 도장의 검이 속수무책으로 튕겨 나갔다.

"큭!"

그것은 곧 패배를 자인하는 소리였다. 검을 되돌리는 찰나에 이미 흑검의 검이 현명 도장의 어깨에 박혀 들었다. 그러나 현명 도장은 그대로 멈추지 않았다.

오히려 한 걸음 앞으로 내디디며 흑검의 검을 더욱 깊이 받아들였다.

그리고 그 상태를 유지한 채 멀쩡한 한 손으로 검을 고쳐 잡아 내려쳐 왔다.

동귀어진의 수.

흑검이 눈을 빛냈다. 칠흑의 마기가 넘실거리는 안광.

하복부를 후려치는 슬격(膝擊)으로 현명 도장의 몸을 밀어내고 검을 어깨에서 뽑아냄과 동시에 횡으로 그었다. 미처 내려치지 못한 현명 도장의 검이 기세를 잃고 바닥에 떨어졌다.

"이런, 벌써 죽일 생각은 없었는데 동귀어진이라니… 복마검을 제대로 견식도 못 했는데 너무 성질이 급한 거 아닌가, 노인장?"

"크으윽! 네놈들에게 천벌이… 내릴… 것이다."

저주의 말을 내뱉는 현명 도장의 눈이 흐려지고 있다. 죽음을 맞이하면서도 그 눈은 흑검을 향해 원독을 뿜어내고 있었다.

흑검이 그 눈을 똑바로 바라보았다. 그에게는 익숙한 눈동자였다. 수십, 수백 번은 봐온 눈동자. 죽은 자의 같잖은 저주 따위는 아무래도 좋았다.

"마음에 안 들어."

유일하게 그 말을 들은 귀독은 '뭐가?'라는 말을 덧붙이지 않았다. 단순히 공동파 도사들이 제대로 저항을 못 하고 몰살당한 것 때문인지, 복마검을 제대로 보지 못했다는 것 때문인지, 아니면 그냥 기분이 나쁠 수도 있었다.

마공을 익힌 마인이란 그런 것이었다.

흑검은 그대로 아무 말도 없이 검을 납검했다.

"…아무래도 좋아."

현명 도장이 달려온 방향을 바라보던 흑검이 조용히 중얼거렸다.

"이따위 것들은 아무래도 좋단 말이다."

흑검은 공동파 도사들에게 향해 있던 흥미를 거뒀다. 이제 그것들을 향한 사고 자체를 멈추었다. 아까웠다. 흥미를 가지고 떠올리는 것은 단사천과 나눈 무수한 검격과 부하들에게 들은 단사천의 무위였다.

그대로 화광이 충천하는 밤하늘을 올려다보던 흑검은 현명 도장의 시체를 가볍게 밟고 앞으로 발걸음을 옮겼다. 아직도 칼과 칼이 부딪히는 소리가 들리는 곳으로 향했다.

그날 밤, 감숙성에서 청해를 넘어오는 마인들을 막아선 거대한 벽이며 구파일방의 한 축이던 공동파의 멸문 소식이 천하를 뒤흔들었다.

이전에 소림이 습격을 당했을 때도 천하가 소란스러웠으나 지금과 같지는 않았다.

구파일방이다. 천하에 그 위세를 비교할 수 있는 것이 스물여덟밖에 되지 않는 대문파의 멸문은 천하를 혼란스럽게 하기에 충분했다.

그리고 그와 동시에 천하 사방에서 피바람이 불기 시작했다.

*   *   *

천하가 격동하며 전화에 휩싸일 때, 단사천 일행은 목적지를 눈앞에 두고 있었다.

"도착인가?"

심양에서 새로 구한 마차가 멈추자 무양자가 고개를 내밀어 바깥을 확인했다. 하늘을 향해 뻗은 백두(白頭)가 인상적인 산이 그들의 눈앞에 장엄한 모습을 과시하고 있었다.

영기가 서린 영산이라는 것이 한눈에 느껴졌다.

"예, 일단 도착은 했습니다만……."

마부석에 앉아 있던 장삼이 무양자의 말에 답했다.

"그런데 무슨 문제라도 있는가?"

"예, 그것이 아무래도 좀 큰 문제가 생긴 것 같습니다."

"무엇이 문제인가? 저 앞에 병사들과 관련된 일인가?"

무양자의 시선이 산 아래 마을의 입구를 지키고 있는 수십 명의 병사에게 향했다.

병사들은 마을 입구에 서서 앞서 움직인 선발대를 붙들고 무어라 이야기하고 있었는데 일행이 아직도 마을에 들어서지 못하고 길 한중간에서 멈춰 선 이유였다.

"연관이 있다면 연관이 있는 일입니다."

"대체 무슨 일이기에 그런가?"

장삼은 우물쭈물하다가 이내 포기한 듯 한숨을 크게 내쉬고 입을 열었다.

"아무래도 이곳 장백산에서 화산(火山)이 터질 듯합니다."

장삼의 말이 신호라도 된 듯, 온 산이 갑작스럽게 진동했고 시선의 끄트머리에 걸쳐 있던 장백산의 꼭대기에서 회색의 연기가 치솟았다.

『보신제일주의』 6권에 계속…

초대형 24시 만화방

신간 100%, 샤워실, 흡연실, 수면실(침대석), 커플석, 세탁기 완비

▪ 시흥 정왕25시점 ▪

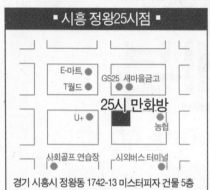

경기 시흥시 정왕동 1742-13 미스터피자 건물 5층
031) 319-5629

▪ 강북 노원역점 ▪

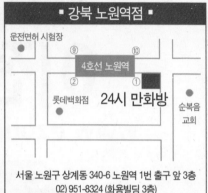

서울 노원구 상계동 340-6 노원역 1번 출구 앞 3층
02) 951-8324 (화용빌딩 3층)

▪ 일산 정발산역점 ▪

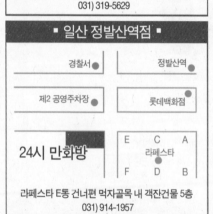

라페스타 E동 건너편 먹자골목 내 객잔건물 5층
031) 914-1957

▪ 일산 화정역점 ▪

경기도 고양시 덕양구 화정동 984번지 서일빌딩 7층
031) 979-4874 (서일사우나 건물 7층)

▪ 부천 역곡역점 ▪

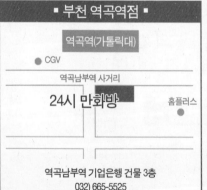

역곡남부역 기업은행 건물 3층
032) 665-5525

▪ 부평역점 ▪

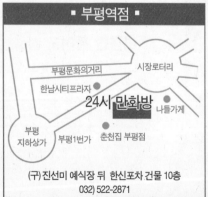

(구) 진선미 예식장 뒤 한신포차 건물 10층
032) 522-2871

최연소 장군 아버지의 뒤를 따라 군에서 승승장구하던 하진
어느 날 방산비리에 연루된 아버지의 잠적으로
가정이 풍비박산이 난다.

자포자기하며 방황하던 하진은
어느 날 골동품을 파는 노파를 돕고
기묘한 느낌이 드는 목함을 손에 넣게 되는데……

그리고 그를 찾아온 빚쟁이들과 쏟아지는 폭력 속에서
목함은 하진을 기묘한 세상으로 이끈다!

『무한 레벨업』

살아남아라! 그리고 재패하라!
패왕의 인장을 손에 넣은 하진의 이계 정복기!

강준현 장편소설
FUSION FANTASTIC STORY

인생을 바꿔라

『복수의 길』, 『개척자』 강준현 작가의
2016년 신작!

자신이 무엇인지 알지 못하는 정신체, 염.
세상을 떠돌며 사람의 몸속으로 들어가
에너지를 얻고 나오길 반복하던 어느 날.

사고로 인한 하반신 마비, 애인의 이별 선언,
삶에 지쳐 자살하려는 김철의 몸에 들어가게 되는데……

"뭐, 뭐야! 아직도 못 벗어났단 말이야?"

새로운 삶을 살리라,
정처 없이 떠돌던 그의 인생 개척이 시작된다!

"어떤 삶인지 궁금하다고? 그럼 한번 따라와 봐."

궁극의 쉐프

Ultimate chef

가프 장편소설

FUSION FANTASTIC STORY

태초의 우물에서 찾은 사막의 기적.
사람의 식성과 식욕을 색으로 읽어내는 능력은
요리의 차원을 한 단계 드높인다.

『궁극의 쉐프』

요리란!
접시 위에 자신의 모든 것을 담아내는 것.

쉐프란!
그 요리에 자신의 가치를 증명하는 사람.

"요리 하나로 사람의 운명도 좌우할 수 있습니다."

혀를 위한 요리가 아닌, 마음을 돌보는 요리를 꿈꾸는
궁극의 쉐프 손장태의 여정이 시작된다!

Book Publishing CHUNGEORAM

유행이 아닌 자유추구
WWW.chungeoram.com

철순 장편소설

FUSION FANTASTIC STORY

괴물 포식자

지구 곳곳에 나타난 차원의 균열.
그것은 인류에게 종말을 고하는 신호탄이었다.

『괴물 포식자』

괴물을 먹어치우며 성장한 지구 최강의 사내, 신혁돈.
그는 자신의 힘을 두려워한 인류에 의해
인류의 배신자라는 낙인이 찍히고 죽게 되는데…

[잠식이 100%에 달했습니다.]

[히든 피스! 잠들어 있던 피닉스의 심장이 깨어납니다.]

불사의 괴물, 피닉스의 심장은
신혁돈을 15년 전으로 회귀하게 한다.

먹어라! 그리고 강해져라!
괴물 포식자 신혁돈의 전설이 시작된다!

Book Publishing CHUNGEORAM

유행이 아닌 자유추구
WWW.chungeoram.com

이모탈 퓨전 판타지 소설
FUSION FANTASTIC STORY

용병들의 대지
Road of Mercenaries

이 세계엔 3개의 성역이 존재한다.
기사들의 성역, 에퀘스.
마법사들의 성역, 바벨의 탑.
그리고… 그들의 끊임없는 견제 속에 탄생하지 못한

『용병들의 대지』

전쟁터의 가장 밑을 뒹굴던 하급 용병 아론은
이차원의 자신을 살해하고 최강을 노릴 힘을 가지게 된다.

그의 앞으로 찾아온 새로운 인생!
아론은 전설로만 전해지던
용병들의 대지를 실현시킬 수 있을 것인가!

Book Publishing CHUNGEORAM

유행이아닌 자유추구
WWW.chungeoram.com